生命是一首歌

杏林子散文精選

李文 編

目錄

輯二 井邊的聲音

輯三　永恆的價值

繼承劉俠精神

伊甸基金會執行長　黃琢嵩

手邊一直珍藏著好幾本劉俠女士的著作，重讀這本最近的精選集，這些熟悉的文字再次喚醒了我的記憶。她留下的不僅僅是文采，而是在沒有鍵盤打字的年代裡，用全副生命一筆一畫刻劃出來的生命篇章，每每在字裡行間帶給我勇氣。

劉俠患有類風溼性關節炎，全身關節幾乎壞死，她不僅行動不便，身體更承受著常人難以想像的痛苦；自從十二歲患病起，她幾乎從來沒有一覺到天明，每天晚上痛醒個三、四十次已經是家常便飯，一夜好眠對她來說都是種奢求，只好在夜深人靜時獨醒，忍痛聽著家人的酣睡聲。

她獲選為十大傑出女青年的時候，好強而從不輕易掉淚的她，終於讓淚水從她兩頰滑落；她的淚不是因為欣喜，而是因為感慨。她當時腿痛正劇，她發現：「即便是這樣的榮譽亦不能減輕我一絲一毫的痛苦。」

「如果神一切的安排都是好的，那麼請告訴我，祂究竟為什麼要讓我這麼痛苦呢？」有身心障礙朋友曾經這麼問我。也有人問我，伊甸幫助這許多重度的身心障礙朋友，究竟能夠「成就」些什麼嗎？

《聖經》裡有段故事是這麼說的：

耶穌過去的時候，看見一個人生來是瞎眼的。門徒問耶穌說，拉比（猶太人對老師的稱呼），這人生來是瞎眼的，是誰犯了罪，是這人呢？是他父母呢？

耶穌說，也不是這人犯了罪，也不是他父母犯了罪，是要在他身上顯出上帝的作爲來。

長期忍受著劇痛，劉俠卻練就出了幽默、溫暖的性格。她說：自己生病久了，竟然病出「附加價值」。似乎成為別人的「止痛劑」、「安慰劑」。經常聽到有人對我說：「我一想到你的病，我這點小毛病算什麼！」

劉俠和疾病奮戰的經歷、對生命不屈的意志，透過她的筆，安慰了許多身心障礙者，還有許多生命遭遇逆境的朋友們。後來她更捐出多年的稿費，成立了伊甸社會福利基金會，奉獻她的人生下半場，用組織的力量致力為弱勢族群謀福利，為那些不公不義的社會歧視，坐著輪椅走上街頭，一切做為就是要讓他們這些人被社會了解、肯定、接納，活得尊嚴而喜樂。

劉俠用一生證明了些什麼呢？她證明了不管我們遇到什麼樣的困難，只要我們肯好好活，就能活得很好。她身體力行證明給自己看，給父親看，給社會看，也給千千萬萬不知為什麼活、不知活著幹什麼的身心障礙的孩子看。

這才真正看到《聖經》上說的，神是要在軟弱的人顯出祂的作為來，因為，神讓世人看見一個人即便在百般磨難、病體支離中，仍然能活出生命的精華。

跟著伊甸一路走來，我們都老了二十六歲，劉俠與伊甸的努力，所祈求的環境，現在又有了什麼改變了呢？

台灣在二〇〇七年七月公佈了《身心障礙者權益保護法》，這是參考聯合國公佈《身心障礙著權利公約》（The Convention on the Rights of Person with Disabilities）所製定。過去的法律把身心障礙者視為「醫療對象」，採用施捨式的補助。而在新法的精神裡，認為身心障礙者才是權利的主體，從人權的觀點，國家應積極消除各種歷史、文化、政治、經濟的社會結構障礙，預防環境不良，並建設無障礙環境。簡單說，過去的觀念視身心障礙者是他個人「有問題」，所以是需要幫助的特殊對象。新的法律精神則有大躍進，認為設計良好的大環境，讓每一位國民都能公平地參與社會，是政府與社會責無旁貸的責任。

然而這絕不是終點，台灣的社會福利雖然逐步改善，但我們也一再發現，為因應國際身心障礙人權議題的發展，高齡化社會與企業社會責任的新風潮等等的環境變化，我們也只是再次處於開始的位置。

因此，伊甸將擺脱傳統弱勢、悲情的社福團體形象，未來將透過開放性的公益平台，提供「政府創新服務方案」、「國內外地方型非營利組織」、「企業推動社會責任」的專業諮詢服務，以期能營造有愛無礙的政策環境，成為一個全新的「公益平台」。

我們要把「慈善事業」轉型為「服務產業」。因應高齡化社會來臨，產官學投入龐大經費，然硬體制度看似完備，但在專業照顧人力，服務端整合的軟體面卻顯不足。伊甸長期以業服務為本業，如早療團隊、成人職業重建、老人養護、新移民輔導等，未來伊甸將透過在地網絡，充實照護人力，持續提供弱勢族群全人關懷的照顧服務。

另外，伊甸也將把福利服務區域化，透過與其他團體的結盟，將社會福利服務與資源，導入全台二十個縣市偏遠弱勢地區，並投入國際人道救援。

願我們繼承劉俠的精神，幫助更多遭遇生命逆境的人，讓那些遇到人生意外的人，都能有一個意外的精彩人生，就像我們永遠懷念的劉俠劉姊一樣。

有一天痛苦會過去，眼淚也會過去，一切的不幸都將隨時光消逝。可是在我們生命中，一定有些永恆的東西可以留下，只要我們肯，我們總能留下一些什麼的吧？

把此書分享給所有生命遭遇難題的朋友們。

顯現劉俠一生的風貌

——寫在《生命是一首歌》出版之前

李文

一個人長得好看會被人說：「好漂亮。」

一個人活潑伶俐會被人說：「好聰明。」

一個人得了要長期抗戰的病會被人說：「好可憐。」

一個人在病痛中還能像氣象局的地震中心，將疼痛分成級數（小痛、中痛、劇痛、狂痛）其實她是無時不在痛；這時候要怎麼說她呢？……「好堅強！」已經病痛難耐，不僅外觀改變，行動也必須藉助輪椅；卻用「寫作得獎」的獎金去創辦一個幫助身心障礙人士的基金會。

這又該怎麼去說呢？……「好了不起！」

當身障朋友受阻於工作外、校門外的時候，她無視於自己的不方便，帶著這些被忽略，有委屈的朋友「上了街頭」。

這又要怎麼說呢？……「好偉大！」

這些劉俠都到位了！

可是她並不想被這樣的貼標籤！不但她不願意，她的家人也不願意。

她與家人，態度一致「行聖經所教導的事」。

這就是劉俠。伊甸基金會每一位工作人員口中的「劉姐」，永遠的「劉姐」。

劉俠漂亮，有照片為證。

劉俠聰明，有事蹟為憑。

聰明又美麗但一生都與病痛共存。

朋友都心疼，她自己不疼。她只有「痛」，肉體、生理的痛。她也沒輒。

可是長久的病史，讓她練就了許多的功力，其中做得最徹底的是「轉移」。真的是轉移她把對「痛」的感覺，轉移到對其他身障朋友的關心上。

就這樣年復一年帶著病痛將伊甸社會福利基金會，從零歲拉拔到雙十年華。

伊甸長成。劉俠道別！

但她永遠是大家念茲在茲的——「劉姐」。

這本精選集勾勒了劉俠近乎完整的風貌，再一次「與她相見」，是一種感動！

輯一

永遠的伊甸

山上的聚會

長久以來，我一直有個夢。

夢中有一大片園地，種花種樹，養各類家禽；有工廠、有房舍、有足夠的場地供人休閒娛樂。徜徉其間的，是那些眼睛看不見、耳朵聽不到、走路走不好，以及弱智、顏面傷殘、心智障礙的孩子。

〈禮運大同篇〉說，「鰥寡孤獨廢疾者，皆有所養」。我們不是要養他們，而是訓練他們，發揮他們的潛能，讓他們活出人的尊嚴與價值，向社會證明，他們同樣可以活得頂天立地、坦然自得，和其他人沒有什麼差別。在這裡，他們無須再孤僻退縮、無須再自憐不滿，他們對自己有信心，懂得愛與被愛，生活有目標有喜樂。這就是他們的伊甸園。

這是我最原始的構想。

一九八二年五月八日。我、陳俊良、范振蕙、謝才智、陸國棟、呂代豪幾位聚集在我家，以團契的方式，第一次為伊甸基金會的籌備禱告。我們這些發起人都是基督徒，傳福音是我們基本的使命，社會服務則是將上帝的愛落實的方法，兩者缺一不可。福音與福利並重，這就是「雙福」的理念。

我們回到耶穌當年的模式。在祂三年半傳道生涯中，祂在聖殿講道、在山邊海邊訓示眾人，祂也同時醫病趕鬼、關心孤兒寡婦、讓弟兄們吃飽喝足、解決人心裡的疑難……。耶穌自己就是最好的「雙福」實踐者。

這是一種身心靈全備的服務。

我們深深了解，向殘障朋友傳福音是何等困難的事。他們面對身體的殘缺不便、社會的排斥與歧視，你告訴他上帝是愛，只怕會激起他的憤怒。如果真有上帝，上帝的愛在哪裡？上帝公平嗎？因此，我們必須先透過職業訓練、就業輔導、心理諮商等等管道，終極的目標是把福音帶給他。

有一度，我們甚至想將出獄的更生人也納入服務對象。兩者有若干共通，一邊是身體和智能有障礙，一邊是心理和行為有障礙，他們同是被忽略、飽受各樣不平等待遇的社會邊緣人。殘障朋友有的是聰明智慧，可惜體能不佳；更生人有足夠的體力，兩者正好互補。但最後還是以殘障朋友為主。

就好像建築師曬藍圖，每次聚會禱告，神的意象越來越清楚浮現。伊甸的宗旨、目標、服務項目大致定案。這時，巫士椃、褚少卿等人陸續加入禱告小組，呂代豪、陸國棟則退出。

按照最初的規劃，先訂定短、中、長程目標。分四個五年期，「奠基期」、「成長期」、「發展期」、「回饋期」。服務項目計職業訓練、心理輔導、庇護工廠、職能鑑定、就業轉介、才藝訓練、文康活動……最重要的，還是福音傳遞，我們只不過用福利把福音包裝起來。

八月，我捐出二十萬元稿費，作爲伊甸草創基金。同時，范振蕙、褚少卿兩位全省走透透，參觀訪問各地的社福機構收集資料，同時了解其他機構的運作模式，吸收他人經驗。

十月，時機成熟，升火待發。正巧認識一位謝姓基督徒姊妹，是位視障朋友。她有心傳福音給其他視障者，我們樂於共襄盛舉。視障朋友大都喜愛音樂，爲凝聚向心力，遂爲他們成立「聲音詩班」和「靈光團契」。爲方便與聽障朋友溝通，又開一班「手語班」，均商借大稻埕教會聚會，統由巫士椃傳道帶領。算是伊甸成立之前的暖身運動。

一百萬大募集

十一月，我們在景美溪口街四十號，以每月五千元租用一間二十餘坪的民房，作為辦公室及職訓場所。

這時，有一位熱心的年輕人倪華辰加入我們。他原本打算出國留學，手續辦好，趁著出國前的空檔到伊甸當義工，沒想到被我們的工作理念和熱忱感動，竟然放棄出國留學的機會，加入伊甸的服務行列。他說過一句話，令我印象深刻。「我出國是為追求一份理想，如今我發現可以在伊甸找到，我為什麼還要出去？」

倪華辰原為出國準備，學習剪紙、中國結編織，此時全派上用場。跟著大夥兒一起粉刷房子、佈置新居，還特別用粗麻繩編了兩個大大的中國結掛在牆上。唯一的教室面臨大街，擔心學生上課不專心，特別把靠街的四扇落地窗裱上宣紙，貼上倪華辰剪的大紅色剪紙。整個辦公室佈置得典雅別致，很有藝術味道。

接著，正式籌備職訓班。為了解什麼樣的職種適合殘障朋友，且具有市場潛力，特別委託中華徵信公司代爲調查。經過評估，認爲當時中國結在陳夏生女士的大力提倡下，蔚爲風氣，頗有發展潛力。因此，我們決定先開「中國結班」。

原本希望學生結訓後，有實際成果再向社會大眾公佈。沒想到記者朋友神通廣大，不知怎地，被《中國時報》記者林淑玲得知，發了一則「杏林子創辦伊甸樂園，百萬元稿費造福殘障」的新聞。新聞一發，猶如捅翻馬蜂窩，各報記者爭相追蹤報導，令人疲於招架，逼使我們不得不提前曝光。遂決定十二月一日召開記者會。

十一月二十八日，我們先在溪口街景美禮拜堂，舉辦一場感恩禮拜，把伊甸基金會恭恭敬敬獻給上帝。伊甸原是從神而來，未來的路同樣交託在神的手中，求祂恩手看顧保守。

當天，嘉賓如潮，小小的禮拜堂爆滿不說，連院子都擠滿人。我穿一身粉色衣裙，加上襟上的大紅花，好友拓蕪忍不住打趣說：

「劉俠，你今天眞像新嫁娘！」

「對啊！我嫁給上帝了！」我喜孜孜地回答。

當時成立財團法人，至少要一百萬基金，我們的錢根本不夠。經過媒體呼籲，社會反應熱烈，許多朋友不但自己捐款，尙且發動親朋好友；大專院校學生舉辦各種活動義賣，將所得捐給伊甸。

海外僑胞同樣不落人後，僑居加州的謝冰瑩老師、喻麗清、路一沙等作家朋友更是熱心。他們把所有認識的朋友列成名單，一個一個打電話「強迫樂捐」。美國《華府新聞報》的齊鳴女士，發起讀者一人一元運動。彷彿每個人的胸臆間都有一把無形的火熊熊燃燒，從國內燒到海外。

我沾了會寫文章的好處，不斷透過我的筆，將殘障朋友的困難和需要，以及伊甸創設的宗旨目標表達出來。台灣最大的五家報紙，中時、聯合、中央、新生、中華不約而同刊出我的文章，並且在文後注明捐款帳號。

媒體發揮無遠弗屆、既深且廣的影響力，那段日子，捐款如雪片般飛來，短短不到四個月時間，伊甸就湊足一百萬元，完成立案手續。全銜「財團法人台北市私立伊甸殘障福利事業基金會」。不過我們習慣以十二月一日當做伊甸的生日。

按照財團法人的組織規章，以董事會為對外代表。第一屆的伊甸董事除發起的陳俊良、謝才智、范振蕙和我之外，另聘請俞禮正、曹慶以及我們的精神領袖周聯華牧師，共計七位。董事會下分訓練部、輔導部、宗教部、行政部、財務部、企業部。

首屆董事長由我擔任。謝才智、范振蕙兩位董事分任總幹事及行政部主任。才智一向關懷社會福利，對相關課題鑽研甚深；振蕙則是女中豪傑，辦事能力一流，頗有巾幗不讓鬚眉氣概。

每個殘障孩子在成長過程中，免不了有許多不足爲外人道的辛酸痛苦，多少造成心理傷痕。這些傷痕反映在行爲和情緒上，往往造成自我接納以及人際互動的困難。這時，就需要社工人員給予心理輔導。輔導部是由剛自輔大社會系畢業的孫蕙蘭負責。蕙蘭個子嬌小玲瓏，口才佳，人緣亦佳，本身又是位殘障朋友，輔導起來，可收事半功倍之效。

福音組由巫士椀負責。士椀的姊姊是小兒麻痹患者，從小就清楚家有殘障兒的辛苦和艱難。他是中華神學院畢業，極喜愛音樂，「靈光團契」、「聲音詩班」和每天早上的晨更都是由他帶領。

財務部由范振蕙兼任。另外聘請剛從家職畢業的蔡鳳妹擔任會計。鳳妹撐雙枴，人美嘴甜，又會撒嬌，是大家口中的小阿妹。

至於訓練部、企業部及福利工廠則全由倪華辰一肩挑起。

說來可笑，我們這群工作人員沒有一個有實務經驗，尤其是我，更是菜鳥一隻。慚愧得很，堂堂董事長第一次批公文就批錯地方，還是華辰提醒我。初生之犢不畏虎，在強烈的學習動機下，每個人都興致高昂，幹勁十足。

招生時，我們就事先告知學員，伊甸是個基督教機構。我們決不勉強他們的信仰，但我們一些特有的活動，希望他們參加，例如早上晨更。每天早上八點半，所有同工和學員聚在一起唱詩、禱告。爲配合學員的程度和喜愛，我們選用勵志性的《荒漠甘泉》和輕快流暢的現代詩歌，潛移默化，讓他們一點一點認識基督教。

初初開始，儘管有些學員排斥我們講《聖經》，但每個人都喜歡唱詩歌。甚至許多學員離開伊甸多年，最懷念的還是一大清早大夥兒一起唱歌的快樂時光。也有不少學員不知不覺掉進我們的「陷阱」。從好奇到追求，漸漸明白《聖經》的道理，最後受洗信主，成爲基督徒。

最早的會址場地實在太小，教室只坐得下十幾個學生，其他的班級只好借用附近的學校和教會上課。最有趣的是，輔導室由原來的浴室改裝。在浴缸上搭塊木板，鋪一塊地攤買來的廉價地毯，權當輔導椅。輔導室和廁所只隔一層薄薄的木板，由於輔導必須在極隱密的情形下進行，因此嚴格規定，輔導時間同工和學員一律不准上廁所。於是，你就經常會看到有人在廁所門外跳腳的鏡頭。如今回憶起來，仍不覺莞爾。

一百萬大募集

一九八三年夏天，伊甸初辦不過半年，九歌出版社的蔡文甫先生突然打電話給我：「劉俠，我想把你的《另一種愛情》送去參加國家文藝獎評審，好不好？」

「有沒有銀子？」我衝口而出。

「有，獎金十五萬呢！」

「那好，有銀子我就要，我們伊甸正好缺錢！」

六月二十八日，我獲得第八屆國家文藝獎，獎金當場捐給伊甸。這個獎使我的心大得安慰，上帝知道一個文學創作者，最在意的是文學上的肯定，所以祂在我順服、甘心將自己擺上當做活祭之後，給了我最大的獎賞。

伊甸精神

《聖經》上說，要愛那最小的弟兄，就像愛在耶穌身上一樣。我想到陶淵明有兩句詩「落地成兄弟，何必骨肉親」，意義相彷彿，就用這兩句詩當做伊甸的精神標語、服務理念。

除精神標語外，當然也得有自己的標誌。這是出於我的構想，由裝修伊甸會址的設計師陳立繪圖。輪椅原本就是殘障者的標誌，「伊甸」兩字以兩個半圓形嵌在輪子中間，意涵伊甸永遠推動殘障福利往前跑。好似有點大言不慚，但往後社會運動的發展過程中，伊甸的確扮演一個推動者角色。

至於伊甸的會歌，不能不提樸月和黃友棣伯伯。樸月的義父是有「中國合唱之父」之稱的李抱忱先生，因而認識許多音樂界朋友，包括黃友棣、韋瀚章、林聲翕三位耆老。我榮獲國家文藝獎時，三老同獲特別貢獻獎。頒獎會場上，黃伯伯拉著樸月前來對我說：「劉俠，我要介紹一位朋友給你！」

我和樸月相對大笑，蓋我們認識久矣，何勞介紹。黃伯伯接著說：「既然認識就好辦，我命令她寫一首歌詞送給伊甸，我來譜曲。」

眞是天外飛來的好消息。我和黃伯伯雖是初次見面，卻有如沐春風之感。黃伯伯睿智寬容，尤其對晚輩提攜愛護，令人深深動容。他主動要爲伊甸譜曲，恐怕也是出於一份對晚輩的期許嘉勉之心吧！

很快，樸月作詞、黃伯伯作曲搭配無間下，伊甸有了自己的會歌〈伊甸之歌〉。這首歌簡短活潑，有進行曲的節奏，唱起來特別顯得精神有力。歌詞如下：

我們有個快樂的家園
這是上帝祝福的伊甸
我們手牽手、肩並肩
彼此扶持，齊心奉獻
我們相愛相親，不尤不怨
軀體雖殘心志堅
在基督的愛中，把人間的不幸
化作光榮的冠冕

譜完〈伊甸之歌〉，兩人欲罷不能，又根據不同的殘障類別，分別譜就〈啓聰之歌〉、〈啓明之歌〉、〈啓智之歌〉、〈陽光之歌〉、〈啓健之歌〉，加上〈伊甸之歌〉，合成「伊甸組曲」。

兩人似乎越陷越深。只要伊甸有大型活動，立刻就有詞曲應合。伊甸有一系列戶外活動，上山下海，這一對詞曲大師，有感殘障朋友挑戰大自然的勇氣可佩，又譜寫一套六首組曲「與我同行」，以壯聲色。爲表揚炬光模範母親的偉大，而譜〈炬光母親之歌〉；伊甸成立「喜樂四重唱」，於是又有〈喜樂之歌〉……

我想，黃伯伯無非是想給這些身心障礙的孩子們一份寬廣無私的愛，彌補命運加諸他們身上的缺憾。記得孫觀漢教授的一句名言「有心的地方就有愛，有愛的地方就有美」。因爲有這些可愛可敬的朋友，人間笙歌處處，花繁似錦。

四十八張支票

隨著工作的推展，越來越發現場地不夠用，要買一個屬於自己的場地，成了所有董事和同工的共識。我們的理想，至少有一百坪大小，而且是無障礙環境，方便殘障朋友進出。但以當時的財務能力，要在台北購屋，有如癡人說夢。

退而求其次，如果能買到寬敞的地下室也很好。董事們分頭打聽，總是找不到合適的。我忽然想到妹夫游建國念文化大學建築系時，他的同學章啓明就是太平洋建設的少東，他們同在一個教會聚會，和另一位謝基松並稱鐵三角，與我妹妹也十分熟識。

我並不認識他們，妹妹、妹夫也出國多年，好在我這人天生就有「毛遂自薦」的本領。一個電話打到太平洋公司，找到章啓明，發現謝基松也在他們公司擔任企業部經理。承他們兩位安排，見到啓明的父親——也就是太平洋建設的總經理章民強伯伯。章伯伯很「阿沙力」地說：

「太平洋蓋的房子，地下樓的產權全部歸公司，你自己去看，喜歡哪裡，告訴我！」

太平洋建設在台灣房產無數，謝基松就陪著我一一勘查。有的過於偏僻，有的太大，有的太小，有的內部規劃不良，或是出口無法安置電梯。總之，前前後後看過十幾處地方，均不滿意。最後，我問基松：

「你們有沒有正在蓋、或是還沒蓋的房子？這樣，我比較好設計無障礙空間。」

一語提醒夢中人，基松連聲說有，「正好我們在光復北路有一棟大樓正在蓋，大概有兩百多坪。」

我們當即趕車過去。主體建築大致完成，地下室堆滿建築器材，大夥兒把我抬下樓梯，四處巡視。我發現前後都有出口，前門因屋樑的限制，無法裝設電梯，後門卻不受此限。

我最中意的是左右兩個大天井，採光非常好，一點沒有地下樓的閉塞感。大樓外面不遠就是醫院、公車站，環境安靜，交通方便，再適合也沒有。唯一的問題是，總共有兩百六十四坪，對我們來說，負擔有點過重。

董事分成兩派，買與不買，難以決定。最後，俞禮正董事說：「劉姊，你就憑信心吧！」

我想當初妹妹、妹夫和太平洋章啓明認識時，一定也沒想到，有一天伊甸會跟他們買房子，這難道不是冥冥之中上帝的安排嗎？場地雖然稍大，將來難保不隨著工作的發展需要。所以，我也很「阿沙力」的決定，就在這裡，我們買下了。

章伯伯以當時市價六五折，每坪兩萬五的價格賣給我們，總價六百四十萬。結果又冒出一個難題，銀行認爲伊甸是公益團體，靠社會捐款支持，財務狀況不穩定，不肯貸款給我們。

解鈴還需繫鈴人，章伯伯答應我們四年無息攤還。但爲向公司董事交代，必須先把所有的支票開給他們。於是，除付四十萬訂金外，我一口氣開出四十八張、每張十二萬五千元的支票。當時我們每個月的捐款收入還不足此數（眞是有夠大膽）。

之後，每月二十五日，先把支票的錢軋進銀行後，才發員工薪水。那時還有票據法，而我是法定代理人。財務部的同工常拿我開玩笑說：

「劉姊，這個月，你又可以不必坐牢了。」

信心有多大，神的恩典就有多大。很奇妙地，每個月也都能應付過去，甚且還有餘錢裝修內部。

其實，伊甸的「神蹟」也不是只有一點點。當初訂房子時，樓上的住屋大都還沒賣掉。因爲「第一兒童發展中心」遷居，引發社區反對的新聞才發生不久，謝基松有點憂心忡忡地說：

「你們一定要大力禱告，希望這棟大樓能夠順利地都賣出去，不要有住戶反對，否則我難以向董事會交代。」

那有什麼問題，禱告是基督徒的利器。果不其然，這棟大樓很快售罄，而太平洋另一棟同時推出的大樓，賣了兩年還沒賣完。

場地尚未裝修，伊甸的內部卻出現問題。當時的總幹事謝才智和行政部門主任范振蕙，兩人因個性差異，許多看法不一致，偏偏兩人又都是董事，誰也不服誰。

我初入社會，沒有經驗，光是安撫他們兩人就累得我筋疲力竭。吵到最後，兩人都使性子辭職不幹，最後逼使我只好親自「下海」兼任總幹事。

此時，勞委會職訓局陳聰勝局長到伊甸參觀，對我們訓、產、銷一貫作業十分讚賞，當即承諾由政府補助職訓，請我們擬出開班計畫。

於是，我一面跑工地，一面又忙著和倪華辰設計規劃新的職訓班。新場地空間足夠，我一舉開設兩個職訓班與三個才藝班。分別是電腦程設、國貿和陶塑、寫作、美工五班。從收集資料、設計課程、聘請師資到和廠商打交道、購買教學器材全部一手包辦。那段時間，感覺自己有如三頭六臂，生命的潛能大概全部激發出來。

永遠的伊甸

伊甸剛創辦時，就有許多人好奇不解的問，爲什麼取名「伊甸」？還有人打電話時誤以爲是「洗衣店」，成爲同事間的笑談。

「伊甸」的本意，就是樂園。根據聖經的記載，當上帝創造始祖亞當、夏娃後，就爲他們預備了一個無憂無慮的樂園。

但是，自從亞當、夏娃犯了罪後，他們就被逐出伊甸園。

伊甸的位置已無從考據，這一點並不重要，因爲眞正的「伊甸」原在他們的心中。

他們的純眞、善良、無私，以及對神、對人全然的愛與信賴，才是他們幸福的根源，永遠的樂土。

只不過當他們受到撒旦的引誘，開始有了猜忌、懷疑、怨懟、不滿，也開始摩擦、爭鬥、自私、嫉恨……人於是墮落，於是步出他們遠離伊甸的腳步。

說得更正確一點，其實他們是被自己放逐的。

而耶穌的降臨，不僅爲了重建人與上帝之間的關係，也爲了幫助人再度找回他們失落的伊甸。

當法利賽人不斷追問神的國什麼時候來到時，耶穌忍不住嘆息了，他說：「神的國就在你們心裡啊！」

所以，信心在哪裡，希望也在哪裡；寬恕、溫柔、忍耐、謙和在哪裡，天國就在哪裡。

取名「伊甸」，無非是自我期許，希望爲殘障朋友創造一個寬廣無障礙的環境，被了解、肯定、接納，活得尊嚴而喜樂，一如當年「伊甸園」。

這或許是種奢望吧！至少有一個目標可以讓我們奮鬥，誰又敢肯定上帝天國的理想不能在人間實現呢？

善的循環

伊甸基金會的辦公室在籌建之初，因爲曾和一位鄰居有過爭執和不愉快，他就經常找我們麻煩，爲難我們。

我當然心裡也很生氣，可是想到遠親不如近鄰，只有盡量忍耐，避免衝突，每次見到他，也都主動寒暄。

慢慢的，他的態度改善很多，甚至有一次，颱颱風地下室積水，他還主動過來幫我們搬東西。

從前的女孩，最怕的就是結婚後遇到一位惡婆婆。聽說有些惡婆婆虐待媳婦無所不用其極，做媳婦的一大清早起來，燒飯洗衣、挑水劈柴，尤有甚者，還要下田耕作，不到深更半夜無法休息。

媳婦礙於婆婆的威嚴，只有忍氣吞聲、暗暗流淚。

等她自己好不容易也做了婆婆，卻忘了當年所受的苦，又用同樣的方法去對待她的媳婦，一代又一代……這就是惡的循環。

隨便哪一位，只要多一份耐心，一份愛心，一份同理心，不把別人加諸在你身上的惡，回敬在他人身上，就很容易化惡爲善，不讓惡的影響繼續擴大。

其實，善心同樣也可以循環不已。

微笑、讚美、關懷、體貼的情意……不論多麼小的付出，也都能帶給人心頭溫暖。

如果我們常常記得別人的好處，也不忘時時付出自己的一份，這個世界何愁不會更好、更可愛呢？

他們能做什麼

有一天，和朋友電話聊天，告訴他我們最近籌備成立的「伊甸殘障福利基金會」，以及即將展開的工作，才藝活動、手工藝訓練、庇護工廠、農牧經營……

結果，不等我話說完，他衝口而出：「他們能做什麼?!」

他的話令我愕然。

朋友是位心思細密、感情豐富，極有愛心的人，如果連他都不知道「他們能做什麼」，那麼，這個社會恐怕絕大部分的人都不知道「他們能做什麼」。

這個發現不僅令我難過，而且悚然一驚。

過去十多年前，許多有心人不斷呼籲，希望社會重視殘障者的福利，希望社會給予殘障者公平競爭的機會……到今天效果仍然不彰，問題是不是出在我們過分強調了殘障者就業的困難，不被接納的痛苦，而忽略了讓社會了解「他們到底能做什麼」？

朋友的話眞是一語提醒夢中人。

殘廢、殘廢，五千年來「殘者必廢」的觀念就根深柢固在中國人的腦海裡，即便連大思想家孔夫子的大同世界理想，也僅止於鰥寡孤獨廢疾者皆有所「養」，而「養」只是一種消極方式，固然使其衣食無缺，生活無慮，卻否定了一個人之所以爲人的尊嚴與價值功能。

事實上，殘障可分輕度、中度及重度。除了重度殘障需要養護之外，大多數的殘障者皆可經由訓練、教育或輔導成爲一個有用的人，問題是怎麼樣讓社會了解並體認到我們仍有「可用」，進而「皆有所用」呢？

比如盲人，一提起來總叫人不由自主的想起黑黑的長巷中，吹著淒清短笛，摸索前行的按摩者。似乎，他們只會按摩。

其實，他們會做的不止這麼一點點。

除了按摩之外，他們可以做接線生、調音師，可以擔任諮詢方面的工作，也可以編織、縫製床單被單、固定木工及機器操作、機件裝配、摩托車銅絲組合、馬達線圈包紮等等。

香港一家錄影帶製造工廠，所有包裝的工作都由盲人擔任。前兩年，報紙曾經報導中部有位盲人自己種稻，從插秧到收割一手包辦。甚至除草時，他也可利用手指的觸覺來分辨秧苗和雜草的不同。美國德州更有位盲人開了家養雞場，僅靠一些電動設備，獨力管理了十萬隻雞。

盲人能夠經商，彰化的黃福來先生即是一例。他雙目失明，卻經營一家福華明鏡公司，生產的鏡片暢銷全世界，替國家賺取不少外匯。

郭錦隆先生是我國有名的盲人作家，著作甚豐。而擁有眾多聽眾朋友的方雄先生卻是一位出色的廣播節目主持人。

有聲圖書館的紀金池館長同樣是位盲人，卻一點也不妨礙他服務社會的熱誠。

台大的李序僧教授以及輔仁的李奠然教授，都是深受學生愛戴的好老師。不過，由於教育部至今對於盲人任教仍有極大限制，聽說他們當初的任職是由學校極力爭取過來的，事實上也證明眼盲並不影響他們傳道授業解惑的能力，相反的，他們比一般人更能專注自己的職責。

在國外，盲人工作的範圍更廣，包括了作曲家、音樂家、律師、祕書、社會工作人員、電腦操作員、稅務解答員等等。

大概許多人都想不到，盲人也喜歡運動呢！他們游泳、練單槓，居然還會踢足球呢！球倒是一樣大小，只不過內胎多了副鈴鐺，踢起來鏘鏘有聲，盲人就以此分曉球的來龍去脈，完全是「聽音辨位」的功夫呢！

聾人因為有視覺及行動上的方便，除了一些過於危險或是特別需要使用聽覺的工作外，一般來說，比較不受限制。但由於普通人會手語的不多，筆談又過於費事，造成溝通上的困難，也是許多人不願僱用聾人的主要原因。

因此，聾人的職業大都傾向於自我創業，加上啓聰學校較偏重繪畫及美工設計方面的課程，國內的聾人畢業後也大都從事這方面的工作。

根據手語之家的資料，聾人可工作的範圍極廣，包括了演員、律師、會計師、機械修理人員、檢字工人、木匠、漆匠、科學家、社會工作者、抄寫員、統計學者、電腦程式操作員、各級學校老師、舞蹈或體育老師、製圖員、職業諮詢、工程師等等。

旅美華裔葉祖慈先生亦是先天性失聰，十二歲時隨父母遷居美國，就讀於華盛頓蓋勒底聾人學院（該校自小學以至大學），復於馬利蘭大學取得電腦碩士學位，目前創設了一家集成微電腦公司，員工有三分之一都是聾人，其成就與傑出表現深受當地政府的重視與表揚。

至於智能不足的孩子，一般人的第一個反應往往是「這些傻瓜、白痴能做什麼」，他們以爲所有低智能孩子都是一臉傻笑、勾著頭流著口涎的樣子。其實有些孩子仍具備了十一、二歲的智能，外表上根本看不出有什麼不一樣，好好輔導，可以種花種菜、養雞養鹿，或是工廠裝配員、縫紉編織等等。

還有精神異常、心理障礙、癲癇患者都是最受社會排斥與歧視的一群人。其實他們的智力通常都很高，只要在藥物控制及醫護人員監護之下，也可以從事一些較爲精細，如繪畫、雕塑、製圖等工作。

前不久在高雄開幕的「仙人掌咖啡屋」不就是由精神病患所經營的嗎？只要社會不拿異樣的眼光看他們，他們也可以過一個正常的生活。

據說凱撒大帝和米開朗基羅都是癲癇患者，卻一點無妨他們的霸業和藝術上的成就呀！

肢體殘障者自然也不限於只會刻印和修理鐘錶，只不過一般人（包括做父母的在內）總以爲既然身體殘障了，就應該學個一技之長，將來有碗飯吃。本意固然不錯，然而，肢體殘障者最大的資源就是他的腦力，如果不能就這一方面好好利用發揮，反而限定一些技藝性的工作，不僅是浪費人才，而且是一種本末倒置的做法。

當然，殘障者缺乏公平的就業機會也是造成此一現象的主要原因。內政部雖在前年頒布的「殘障福利法」第十七條規定，各公私立機構及公私立學校應僱用殘障者百分之三。然而，政府機構本身的人事考用制度就對殘障者諸多限制。

例如去年的行政人員特考，其中兩組的榜首均爲殘障者，雖然他們的成績遠勝過其他報考者，最後仍然因爲體形上的一點缺陷而被拒於大門之外，這實在是一件不公平的事。

而類似的情況，凡是殘障朋友，幾乎每人都有一把辛酸淚！

有一回，我幫一位顏面傷殘的女孩子找工作，找到後來我自己都灰心了。明明一切條件都符合了，總是通不過面談這一關。對方甚至含蓄地告訴我：

「我們恐怕她不能適應！」

我實在想反問一句：「到底是誰不能適應呢？」

另一位殘障朋友雖然被錄用，沒想到第一天上班時，小主管就以極其憎惡的口吻對他說：「你明天不用再來了，我不歡迎你這樣的人！」

他也很想掉頭而去，無奈生活逼人，只好硬著頭皮照常上班，結果小主管消極性地抵制他，任何工作都不派給他，只當沒他這個人。每日上班，如坐針氈。

還有一位僱主更絕，乾脆說：「你要錢，我可以給你一點，工作沒有！」

開玩笑，又不是叫化子討飯，求人施捨。在這種情況下，所謂的人格，所謂的人性尊嚴，都已經蕩然無存了。其間的血淚交織，又豈是局外人所能想像與了解的？

其實，不公平的事還多著呢！比如，殘障者不得報考外交官、司法官，不得參加民意代表競選……為什麼？因為五官不正，有損國家尊嚴（抱歉，這句話是某官員說的）。怪的是這些人在美國可以當總統、州長、參議員，在以色列可以當國防部長（還戴了只海盜式的眼罩），在日本和泰國可以當皇帝，卻一點也無損他們國家的尊嚴哩！

問題是他們除了偶爾在報紙上投書，發洩一下內心不滿的情緒外，有沒有什麼地方可以讓他們陳請申訴的？有沒有什麼機構可以保障他們的權利不致被侵害的？

一位剛從國外回來的朋友說，在一般公共場合中，似乎不容易看到殘障者的蹤跡。不像美國，校園裡、公車上，以及遊樂場合中，殘障者比比皆是，誤以為台灣殘障同胞不多。我告訴他，根據聯合國調查統計，未開發國家中，殘障人口占總人數的百分之十，開發中及已開發國家亦占百分之五至三。以此估計，台灣的殘障同胞至少在六十萬至一百萬之間（香港即占百分之六．五），而這些人之所以隱而未見，一方面是就業困難，再則是交通設施不便，只好大部分都窩在家中，造成家庭與社會重大負擔與困擾。

歐美日各國的殘障福利法均有硬性規定，所有的公民營機構必須有一定比例的保障名額提供給殘障者（其比例從百分之一．五至百分之五），否則將被罰款，罰金充做殘障福利基金。據說當初內政部在制訂殘障福利法時，亦有此一硬性規定，後來由於經濟部的堅決反對而作罷。

經濟部的理由是如此一來，恐怕造成業主困擾，增加工廠生產成本，間接影響經濟成長。這真是標準的本位主義，因為殘障者就業是靠他們的智力與勞力，並非領救濟金。我也相信在公平競爭的原則下，殘障者的工作能力絕不會輸給一般人，再說殘障者流動率少，只要工廠調配得當，他們應該是生產線上的一股穩定力量。

從另一個角度看，幾十萬殘障者賦閒在家，不僅自己無法生產，尚且需要支付大量生活與醫療費，形成雙重損失。而經濟部只著眼於工商界的一時反對，忽略了如此龐大的人力資源浪費，又會帶給我們國家多麼重大深遠的損害呢！

我實在不了解經濟部袞袞諸公算的是一筆什麼糊塗帳！

任職行政院建設委員會的經濟學家陸光教授以經濟效益的眼光看殘障福利，他說：「協助殘障者復建重建的工作，實際上是一種投資。依照美國一九七五年研究報告，一個嚴重的殘障者如能復建重建成功，可以節省七十五萬美金的支出。我國國民生產力較低，以一九七九年國民所得差距五・五倍折算，亦值五一八萬元之多。假使我們殘障者占總人口百分之五，其中嚴重性又占百分之五，計達四萬五千人，如均能使其復建重建，即可值新台幣二千三百億元之鉅。我們縱使不爲殘障者的人性尊嚴打算，單單爲了可能增加的經濟利益而言，亦不能棄置殘障者之福利而不顧。」

陸光教授又幽默地說：「依照美國前一項研究報告的分析結果，投資殘障福利一美金，可收回利潤十七・五美元至三十美元。即以十七元而論，已是本輕利重的投資，我國公私立機構又何樂而不爲呢！」

雖然政府有心實施殘障福利政策，然而，若是下級機關不能認眞執行，各公民營企業不能有效配合，則政府的一番苦心與美意都將流於形式化。歸根結柢，還是由於我們的社會思想閉塞，心胸不夠開放，一般人對殘障者的工作能力仍然持有若干程度的成見及偏見。

海倫・凱勒曾說：「眼盲並不可悲，可悲的是人們對於眼盲者的態度。」眞是說出了所有殘障者的心聲。

我想，觀念的無法溝通，才是今日殘障福利工作推展不易的最大瓶頸。

我之所以籌設「伊甸殘障福利基金會」的主要目的也就在此，希望藉著我們的呼籲和推動而使社會大眾對於殘障同胞，逐漸由接觸而認識，由認識而了解，由了解而關懷，再由關懷而參與。

不僅僅知道「他們能做什麼」，而且「能做很多」，進而尊重並接納「他們所做的」。朋友見我經常爲籌募基金殫精竭慮、徹夜輾轉，天眞地說：「眞希望哪個有錢的大老闆一下子捐妳一百萬就好了！」

我告訴她：「你錯了，我寧肯一百萬人，每人捐一塊錢，而不願意一個人捐一百萬！」

既然是社會工作，就需要社會整體的配合。因爲，這是我們共同的責任，而不單單屬於少數人或某一個團體的工作。

對一個長期病患來說，這項工作固然是種挑戰；同樣的，對整個社會又何嘗不是種考驗呢？

個人的成敗原不足道，重要的是我們能不能自己建立一個更和諧、健康而理性的社會。

——原載《中央副刊》

我們能做什麼

當司儀報著一個個名字，而我把繫著紅絲帶的結業證書和獎品遞出時，我望著這些孩子——我一向習慣於稱他們孩子，雖然他們都不小了，但在心理上，我當他們爲自己的孩子，我未曾生育的孩子——辛苦地撐起鐵鞋，艱難緩慢地一步步挪過來時，心中充滿難以言述的感情，有欣喜，有感動，也有疼惜。

小小的房間不過只有十坪，擠滿結業的學生和觀禮的來賓，短短的距離在常人也許一小步就輕鬆跨上來了，然而，對他們卻是一大步，非常艱苦的一大步。

我很可以把證書和獎品直接送到他們面前，不必讓他們這麼吃力地走過來。可是我不能，因爲我深知橫亙在他們面前的，還有一條更遙遠更漫長的路，需要他們一步一個腳印地走下去。

這條路沒有捷徑，也沒有一絲可以取巧的地方。

青年節前夕，我應邀到淡江大學演講，滿滿的禮堂是一張張神采飛揚的面孔，看著他們的無拘無束，看著他們的活潑開放，我忍不住爲我的孩子們叫屈難過。

他們也應該是其中的一個，享受著不需要承擔什麼也不需要負責什麼的無憂歲月。

他們也應該偶爾有課可蹺，有舞可跳，有一大籮筐罩馬子的心得可以吹噓。

他們沒有，他們屬於幸福外的一群。

那天，我的講題是「青春是這樣的好」。

青春是這樣的好，然而，對絕大多數的殘障孩子來說，他們的青春是浸在淚水中的。

我不否認有少數得天獨厚的殘障孩子，在呵護中順利成長、求學、就業、結婚。他們心理正常，能夠適應社會，也能夠融入社會。

大部分時候，他們不覺得自己殘障，別人也不覺得他們有什麼異同。

只是，還有太多太多的孩子，所面對的是生命中一連串的考驗和挑戰。

他們與天爭，與人爭，與自己爭。並且經常爭得頭破血流。

我不責怪這個社會，因爲一個觀念的開放和改變，不是一朝一夕的事。許多隔閡出於誤解，許多偏見出於認識不夠。

我也不責怪這些孩子，一個扭曲的生命，面對一些扭曲的遭遇，就很難有一個平整舒坦的心境。

我只是想，我們能做什麼，好讓他們的眼淚可以少流一點，路可以平坦一點。好讓他們在拚鬥的過程中，不被天擊倒，不被人擊倒；最重要的，也不被自己擊倒。

保留他們最後一點尊嚴和自信，活出一個人的樣子。創辦「伊甸殘障福利基金會」的目的就在這裡。

半年來，我們積極展開各項工作。

盲人因爲看不見外界，極度自閉，他們敏感、多疑，缺乏安全感，若不是長久的接觸和了解，很難走入他們的內心世界。

大多數盲人都從事按摩業，生活較不匱乏，但他們生活範圍狹窄，也受制視力不便，幾乎沒有什麼消閒活動，更不要提知識上的追求和充實了。

因此，我們特別開辦了盲人音樂班，並且成立了聲音詩班，希望藉著優美的音符，來紓解他們內心的空虛和苦悶。

也常帶他們郊遊，雖然他們看不到青山綠水、藍天白雲，但他們聽得見鳥鳴，聞得出青草味，感受得到太陽光曬在皮膚上的滋味。

空曠的大野，新鮮的空氣，都讓他們身心清爽、感覺一新，他們喜歡出來。

盲人接受完整教育的並不多，也缺乏進修的機會，加上盲人習用的國語點字，都是由注音符號組成。並不了解國字的基本結構及筆畫順序，許多仍有殘餘視力的弱視盲人，便無法閱讀一般書報雜誌，基於這樣的需要，我們就開了一個弱視盲人國字班，教他們書寫、認字、閱讀，十個學生，都學得挺起勁呢！

另一方面，盲人最大的困難還是子女教育問題。盲人的婚姻對象通常也是盲人，而盲人夫妻生育的孩子絕大多數都是明眼人（盲人若知道自己眼盲是出於遺傳，就避免生育），他們怎樣教養子女呢？

特別是子女上學之後，怎麼樣指導孩子的功課？他們本身知識有限，對外界事物的茫然，往往形成親子之間思想的差距，以及教導上的障礙。

也因此，盲人子女的功課程度普遍低落。學業進度跟不上，加上身爲殘障者子女的先天性自卑心理，很容易讓他們自暴自棄，走入歧途。

做父母的「看」在眼裡，痛在心裡，卻只有無奈和焦慮。

針對這一個事實，我們專爲他們開辦了盲家輔教班。我們發現實施起來困難重重，因爲盲家分布廣散，是把他們集合起來補習呢？還是服務到家？

集合補習，必須有專門場地，專人專車接送，個別補習則得投注大量人力，都是需要考慮的問題。

好在有世新的社團願意支援我們到六月底（他們要放暑假），目前有七位老師義務到盲家輔導十二位子女的課業。

雖然開辦不久，但家長反應熱烈，希望六月底結束後繼續舉辦，並且擴大服務範圍。

此外，也定期舉行家長、子女及老師的聯誼會，溝通意見，增進彼此之間的情誼。

我們也陸續開了三個班次的中國結手工藝訓練班，以及一個班次的剪紙班。我們之所以先開這兩個職訓班，主要原因是經費有限，沒有能力添購設備，所以只有從最簡單的做起。

中國結及剪紙都屬於中國民俗手工藝術，極富地方色彩，發展的潛力很大，而且具創造力和啓發性，很適合殘障孩子學習。爲了不把他們訓練成單純的女工，我們又另外加素描和工藝美學的課程，鼓勵他們自己設計創作。

許多殘障孩子一方面因爲外界的刺激，一方面出於本身自慚形穢的心理，多少都有些心理不平衡，無法肯定自我。因此，又專門爲他們開了一門「自我成長」的課，幫助他們認識自我，調整自我，進而發揮自我，肯定自我。

有敢於面對現實的勇氣，也有敢於受挑戰的勇氣，有一天不論他們身處何地，都能坦坦然活下去。

目前第一期的學生已經結業了，我們立即在辦公室附近租了一棟民房，作爲福利工廠。由於我們本身尚缺乏市場競爭能力與拓銷經驗，然而學生急需工作，爲了滿足他們的求職慾及成就感，初期以代工的方式，接了一些外銷廠商的訂單。代工的薪資實在低微得可憐，不得已，我們只好再貼補一些。再加上房租、水電和管理人員費用，也是一筆相當不少的負擔。

等到有一天我們的經驗豐富了，生產的成品達到一定的水準之後，便以實習商店、專櫃等等方式來開拓我們自己的內外銷市場，逐步走上訓練——生產——銷售的一貫作業程序。

按照這個模式，我們希望以後幾年內，陸續開辦陶瓷、景泰藍、編織、刺繡、籐竹具製作、印刷等等班次。我們可以找到最好的師資，唯一困難的是幾乎每一班次的設備，都在數十萬元以上。

對於那些喜好文藝及美術的殘障孩子，我們預備開寫作班及美工設計班。分別以兩年時間從基礎教起，由淺入深作系統性的教授，理論與習作並重，結業後希望具備一般寫作及美術完稿能力。

寫作是一種自由職業，不必出門，不必求人，也不受市場波動影響，只要文章寫得好，就不愁沒出路。以我個人而言，每月版稅及稿費收入，並不下於一位普通公務員。

美工設計是一種彈性工作，可以正式上班，也可以在家工作。每月為建築公司繪兩三張透視圖，生活即不成問題。

此外，像是企管班。許多殘障孩子在就業困難的情況下，自行創業不失為一條可行途徑，更何況政府也有殘障自強貸款（可惜種類太少，限制太嚴），然而怎麼管理，出貨進貨、市場分析等等都是學問。殘障孩子如果能多具備這方面的知識，對他們的經營將有很大幫助。

目前科技發達，我們已走入電子資訊時代，如果我們能為殘障孩子開設電腦班，教授他們管理操作、程式設計、維護修理等等，對於一些受過大專教育、天分較高的殘障孩子，是一種極好的出路。不僅配合國家政策，也充分發揮殘障孩子的智能學識，人盡其才。

不過，電腦設備一套動輒幾百萬，除非政府大量補助，否則我們是開不起的。

此外，台灣有三分之二以上的土地為山林區，加上近二三十年來社會結構改變，工商業繁榮，大量農村青年流向城市，以致有些田地廢棄。殘障者先天上就已缺乏強有力的競爭條件，何不避難就易，從事農牧發展呢？

很多人一聽到我們的計畫，都忍不住大吃一驚，殘障者已經身體不便了，不乖乖留在室內，還能擔負那種勞力工作嗎？其實，並不是所有殘障者都像我這麼嚴重，像是輕度肢體殘障、弱視盲人、聾人、低智能、顏面傷殘、精神異常、心理障礙的孩子們，只要有人從旁指導，都可以勝任。

今年當選炬光青年的徐春喜，下肢完全癱瘓，他把已經失去作用的雙腿盤在小腹間，利用雙手在地上撐著走路，居然爬山越嶺，上樹摘果，下田種地，樣樣都行，也是歷屆唯一當選的農村青年。可見人的潛力，往往超乎自己想像之外。

基於這點認識，我們已經向台中縣示範林場承租了一小塊地，大約一甲多，位於中埔公路，離台中火車站只有十二公里，交通非常方便。

我們請了農發會的畜牧專家及台大園藝系教授，作了實地勘察，希望規畫成一座教學實驗農場。

專家們初步的意見是那兒氣候溫和，濕度也夠，極適合種植蘭花。後半段土地，由於下臨一條隱密的小溪，風景絕佳，可以開發成營地，給殘障孩子露營遊樂之用，也免得他們老侷促家中，多接近大地，心胸自然寬廣多了。

跟政府租地倒不貴，每年不過六千元，問題是要把它開發出來，恐怕不是短時間的人力物力所能做到的。

當然，我們也不光是訓練、訓練、訓練，我們也非常注重他們的精神生活。帶他們郊遊、參觀博物館、聽免費的音樂會、辦專題演講——希望他們盡量多吸收一些東西。

二月一日起一連三天，我們在金山活動中心專爲青少年辦了一次冬令營，有肢體殘障，也有視覺障礙的孩子。冬令營的主題是「感謝」。

許多殘障孩子往往有一種心態，總覺得自己是世界上最不幸的人，上天待他不公平，心中充滿怨懟不滿。我們就藉著各種活動，來「提醒」他們所仍擁有的。教他們學習以感恩的心，來代替逃避、抱怨。同時也鼓勵他們主動參與節目策畫表演，並由參與的過程中肯定自己的才能。

特別是最後一天的越野障礙。金山活動中心的野外求生訓練設備都是爲一般常人而設，包括爬繩索、吊橋、攀木、鑽洞等等。輔導老師先試一次，有些都難以通過，沒想到孩子們卻一個個爭先恐後地嘗試。氣氛的熱烈連輔導老師都深受感動。

開始的時候，有的孩子比較膽小，面有難色，可是一看見比他情況嚴重的都過去了，人家能，他爲什麼不能？立刻勇氣百倍。有幾位重度殘障，實在過不去，卻也不肯死心放棄，寧可摸著旁邊經過，表示他們也同樣參與。在這種團體氣氛的刺激和鼓勵下，他們突破心理障礙，不顧身體殘障的限制，奮勇通過了越野障礙。

這也終於讓他們明白，一個人只要肯嘗試，就能發現自己的潛能有多大，而我們團體輔導的效果也達到了。

有的孩子初次離家不習慣，第一天還吵著要回家，到了第三天，卻是怎麼也捨不得走了。央求我們：

「再辦一次好不好？暑假再辦一次！」

孩子們只顧玩得高興，那裡知道辦一次六十人的露營活動，至少要花費十萬元經費。

爲了提升殘障孩子的精神層面，心靈上的豐潤和充實，也爲了給大家提供一個交誼聯歡的機會，從二月分起，每星期六下午二時至三時半開闢一個「伊甸時間」，包括的內容有：

談心時間——每月的第一個週末。既然是談心，就不拘形式，僅就某一特定主題共同討論發揮，特別是殘障孩子最感興趣的切身問題。

音樂天地——每月的第二個週末。包括獨唱、合唱、器樂演奏、民俗音樂等等，以優美的音樂與大家共聚一堂。

人物特寫——每月的第三個週末。我們要邀請一些大家最熟悉、最喜愛的「人物」來談談他自己，和大家面對面的「第一類接觸」。

美的世界——每月的第四個週末。藉著繪畫、雕塑、攝影、舞蹈、戲劇、民俗藝術等等媒介，帶領大家認識這個有情有愛的美好世界。

每三個月多出一個週末，我們就安排電影欣賞、郊遊，或是參觀訪問等等活動。

此外，我們也有一間小小圖書館，正式對外開放。說來可憐，這個圖書館僅有三坪大小；不過，麻雀雖小，五臟俱全，我們有兩千餘冊各類藏書，都是向一些出版界朋友募來的。也購置了點字機和錄音設備、隨身聽等，增加有聲圖書，充實盲人知識領域。

未來，我們希望爲殘障孩子成立童軍團。童軍團的精神就是互助、互信、互愛、大智、大仁、大勇。藉著團隊精神的發揮，培養他們的榮譽心和責任感。

同時，一些戶外活動、野外求生訓練，不僅是一種體能復健，更是一種極佳的心理復健。

我們越做越覺得做得不夠，想做以及應該做的工作實在太多太多了，雖然能力經驗有限，雖然人手經費有限，但我們仍然努力要做得更多，做得更好！

我們的原則是只要確實對孩子們有幫助，就盡一切的可能去做。

財團法人已經正式成立了，我們一則以喜，一則以憂。喜的是總算是名正言順了，對熱烈捐款支持的讀者朋友有了交代，對社會可以徵信。

憂的是限於法令的規定，這一百萬元基金全凍結在銀行裡，除了孳息所得外，是一毛錢也不能動用的。有等於沒有，唯一的好處大概是別人捐款時可以免稅吧！（一笑）

而我們原本期望正式立案後，可以向政府申請補助，現在才發現並不像我們想像中那麼簡單，不僅限制極嚴，而且補助的也僅限於設備，一切人事行政、場地師資以及食宿等等費用，仍然需要我們自己負擔。

最糟糕的是我們目前的場地實在太小，一間教室兼活動中心，也不過十坪左右，有人來參觀，連個轉身的餘地都沒有。甲班上課乙班就只能休息，每一班次一星期最多上課兩次，嚴重影響進度。而人數過多的班次，如手語班、盲人音樂班等，就得四處借場地，眞好像吉普賽民族似的。

尤令人擔心的是孩子們行動不便，而台北的交通之擠之亂，以及公車服務態度之差都是有目共睹的。孩子們出門，眞可以拿「如臨深淵、如履薄冰」來形容。有兩位學生家住基隆，爲了趕九點鐘的課，他們必須早上七點不到就出門，一路轉車換車，常常站得雙腳浮腫、皮下出血，其艱辛可想而知。

另外還有幾位學生下肢嚴重殘障，根本連公車也無法搭，只好叫計程車，來回一趟幾百元。本身就已經沒有收入了，還要額外支出，然而看到他們的好強和上進也心疼不忍，只希望能募到一輛九人座或十二人座的小客車，接送遠路或重度殘障的孩子。

截至目前為止，我們訓練的都是台北市的孩子，而要求報名參加的中南部殘障孩子數倍於此。他們大都出身貧寒，念書不多，更需要接受專職訓練。可是我們沒辦法提供他們住宿的問題，只好忍痛回絕。並不是我們厚彼薄此，實在是心有餘而力不足。

因此，我們急需擁有自己的家，我們希望以分期付款的方式購置一層地下樓。有足夠的空間解決各種活動以及孩子們的住宿問題。

同時也可以有足夠的空間容許學生全天上課。下午三小時理論課程（除了專業知識外，還包括一般常識及語文進修），下午三小時實習課，經過一年嚴格訓練後，程度可以達到一般工廠師傅的水準，並且具備產品設計能力。

我絕不希望訓練出來的孩子，只是工廠女工或作業員，我要他們比人強，這樣，他們在這個社會上才有充分的競爭條件。

殘障福利是一種細水長流的工作，目前我們在草創期間，仍然有賴社會熱心人士的大力支援。根據我們的發展計畫，如果工作進展順利的話，預計在五年內可以達到自給自足的目標。在這段期間，希望能組織一個「伊甸後援會」，徵求固定會友。後援者，後勤支援也，伊甸自願衝鋒陷陣，打頭陣，也希望社會大眾予我們以支援，做我們的後盾。

「伊甸後援會」的會友可分三部分支援我們的工作：

財力——社會福利事業既然是一種長遠而持續性的工作，如果要健全而完整地發揮功能，固定的經費來源不可或缺。因此，我們並不希望救濟性地一下子捐一大筆錢，而是細水長流地每月固定一筆，五十、一百不嫌少，萬兒八千不嫌多。個人可以成爲會友，團體也同樣可以參加，主要的是這分同心協力、互助互愛的心。

物力——有時候，不一定捐錢，捐一些合乎我們需要的物品也同樣歡迎。這樣做對某些廠商來說可能更方便些，也省得我們花錢再買，一舉兩便。比如學生上課的課桌椅、床櫃寢具、辦公用具，以及手藝班、職訓班所需的設備、材料等等。

如果您力有未逮，那麼以成本價格賣給我們也是好的，我們同樣感謝。

當然，也許您所擁有的物品我們一時用不到，您若願意的話，可以捐給我們義賣。或是，先告訴我們您都具備了什麼，等到我們需要時再跟您連絡。

此外，像是免費（或低價）提供場地做爲我們福利工廠、學生宿舍之用，或是提供我們代工機會（特別是電子類），都在我們歡迎之列。

人力——您也可以親自參與我們的工作。我們需要大量的義工，義工又分文書組、活動組、輔導組。文書組幫助我們整理資料、圖書，抄抄寫寫畫海報等等。活動組偏重在我們舉辦各類活動時，帶領那些眼睛看不見的。行動不方便的殘障朋友，或是擔任文康、宣廣、連絡等工作。輔導組則包括心理輔導（類似生命線、張老師的工作）或是課業輔導，如盲人家庭需要家教，以及我們才藝班、職訓班的老師，像是素描、美工設計、寫作、編織、農藝、電子各方面的老師。我們目前就有一位文化大學藝術系教授張長傑先生義務擔任「工藝美學」課程，深受同學喜愛。

記得三月底，參加社會局主辦的殘障福利會議，有幸聽到姚卓英教授的一席演講，談到美、英、日各國的福利設施，不禁令人感慨萬千。

尤以我們的近鄰日本，其殘障福利制度之健全完善，對殘障者福利與權利之保障維護，不僅令我們羨慕，也令我們慚愧！

回顧國內的殘障福利環境，以及今日殘障者的種種問題，忍不住又想套那句老話：

「日本能，爲什麼我們不能？」

我們了解政府當前處境的艱難，我們不敢也不忍苛求。但我們可以經由民間的力量來推動，我們今天的社會富足繁榮，人人豐衣足食，有足夠的能力關懷參與。我們不怕自己的福利工作不如人，只怕大家漠不關心！

今年一月二十四日我曾寫了一篇〈他們能做什麼〉，主要的是介紹大家認識殘障孩子的能力並不輸給一般人，肯定他們，接納他們。現在我要問的是「我們能做什麼」？我們——不止是伊甸的工作人員，也包括了每一位有血有肉有情有愛的中國人！

陶淵明說：「落地成兄弟，何必骨肉親！」

爲我們的兄弟，我們的手足同胞！我們能做什麼？

——原載《中央副刊》

笨媽媽的小孩

前不久，中原大學一群心理系學生爲了了解伊甸殘障福利基金會的組織型態以及服務性質，特別成立了一個「伊甸小組」，做爲他們學術論文的研究對象。

當他們看到這樣一個機構在短短一年多時間內，竟然發展快速，同時具備六個不同性質的部門，工作人員加上受訓學生、詩班團員等等，大大小小二百多人，而次序井然、效率驚人。特別是同工之間的和諧與向心力令他們感到驚奇不解。忍不住問我：

「妳以一個從來沒有實際行政工作經驗，又未曾涉足社會的人，妳是怎麼管理這樣一個組織特殊的機構，又是如何來帶領這麼多工作同人？」

好似從來沒有人問過這個問題，一時竟給問住了。想了半天，答非所問的說：

「我們都知道，聰明媽媽養的小孩通常都很笨，因爲媽媽能幹，凡事做主代勞，小孩自然樂得享福。而笨媽媽養的小孩大都很能幹，因爲媽媽笨，所以小孩不得不自我磨練，自得發揮。我——就是這個笨媽媽！」

這種奇怪的譬喻，訪問者和被訪問者都忍不住笑了。一點都不客套，這個沒有行政能力，沒有社會經驗的笨媽媽確實笨，正因爲笨，上天垂憐，也有許多得天獨厚的地方。

首先，笨媽媽不得不感謝那一夥發起人的眞知灼見，我們一開始就清楚的立下宗旨，我們不做「慈善事業」，基本上「慈善」兩字對殘障者是一種侮辱，因爲沒有誰需要憐憫或施捨。我們只是覺得在這樣一個群體社會，人與人之間生死共存，福禍相關，需要彼此幫助，彼此扶持，才能使整個社會均衡發展，繁榮進步。今天，我們能愛，能付出，並不表示我們比別人強，比別人好，而是我們有這樣的能力，是我們的福氣，是上天的恩賜。能夠了解這一點，付出的時候就會多一分謙卑柔和的心。

所以，我們不允許自己有這種「做好事」的心態，只有站在一個公平的立足點，才有可能讓殘障福利工作發揮它應有的精神與內涵。

在另一方面，今天的社會是個救急不救窮的社會，誰家有了急難，很容易一下子就募集到幾百萬元，然而，社會福利機構要想在短短時間募到這麼多錢幾乎是難如登天。但是，如果想要工作順利推動，計畫如期執行，那麼固定的經費來源非常重要，否則徒具滿腔的理想和熱誠，在經費來源不穩定或中斷時均化爲泡影。所以，我們不能永遠停留在傳統「慈善事業」的窠臼，必須在社會的捐助到達某一階段時可以自給自足，這點就需要在經營的觀念上有所突破。當然，愛心不變，服務的品質不變，但卻採取了企業管理的方式，制度的建立，職權的區分，以達到不斷成長茁壯的目標。

伊甸本身相當注重事前的計畫，每一項工作或活動幾乎在幾個月前就開始策畫，擬出作業流程，職務的分配、協調、講習，按部就班，分工合作，事後也同樣注重檢討與改進。這也是爲什麼伊甸在去年短短一年內，就已經服務了三千五百人次的原因。

當然，制度建立得好，誰來領導都一樣，反過來說，沒有制度，就得看領導的是明主還是昏君了。所以，並不是笨媽媽有什麼通天本領，實在是拜伊甸本身制度健全之賜，工作起來自然事半功倍。

特別讓笨媽媽欣慰的，是所有在伊甸工作的「小孩」都很聰明能幹，並且相當的投入，他們知道自己在伊甸所擔負的角色。

每個小孩在進來之前，笨媽媽都「鄭重其事」的提醒他們：「伊甸的工作很重，薪水很少，非得需要很大的犧牲奉獻精神，你們先考慮清楚……」

既然是「周瑜打黃蓋，一個願打一個願挨」，工作起來自然盡心盡意，雖苦猶樂。

萬一哪一個小孩覺得工作給他帶來痛苦時，笨媽媽就要求他趕快找出原因，是壓力太重，是興趣不合，還是人際關係不協調，找出問題的癥結，然後加以調整。如果問題仍然無法解決，笨媽媽就建議他們不妨考慮「另謀高就」，以他們的學識能力，不愁找不到更好的工作，不需要爲一份不適合的工作浪費他們的青春生命，彼此都無益處。

伊甸有六個部門——輔導、宗教、訓練、企業、行政、財務。而每一部門的工作性質與分量都相當於別人一個機構，雖然我們每一部門僅有二、三位同工。我們希望給予殘障孩子的是整體的服務，不止是技能上的訓練，不止是工作上的保障，也希望帶給他們心理上的健全，人格上的培育，思想上的啓發，心靈上的疏導，精神上的充實和滿足……我們不僅要求他們和一般人一樣好，而且要比一般人更好，這樣，他們才有足夠在這個社會立足競爭的條件。

由於機構本身的特殊，在無前例可循的情況下，我們一面摸索一面學習，也犯了很多錯誤，走了不少冤枉路。特別是笨媽媽這個沒有工作經驗的人，反而是常常需要向小孩們學習。笨媽媽也隨時虛心求教，不恥下問。不過，到目前爲止，笨媽媽對電腦這種東西仍然無法進入情況，管電腦的小孩不時安慰笨媽媽：

「慢慢來，電腦沒妳想像的那麼可怕啦！」

說來好玩，笨媽媽第一次批公文時，就把批示誤寫到擬辦一欄中，類似的笑話還眞鬧出不少，有時候捅出漏子還得小孩們幫她收拾善後。正因爲笨媽媽會犯錯，笨媽媽知道世界上沒有十全十美的人，所以，笨媽媽絕對允許她的小孩可以犯錯，只要同樣的錯誤不要再犯第二次。犯錯沒有什麼可恥，我們可以從錯誤中學習經驗，從經驗中成長。笨媽媽就常常向她的小孩當眾道歉。

笨媽媽從小自由慣了，一向不喜歡別人命令她，所以她也很少命令小孩做什麼，她只給他們一個大原則、大目標，然後鼓勵他們自己做計畫。做得不好沒有關係，大家可以幫著一起做，主要的是要他們自己學著怎麼思想、怎麼策畫，積極產生一份參與感，同時在做的過程中獲得成就感與榮譽感。笨媽媽可不希望她的小孩都是唯命是從的機器人。

也許是基於多年寫作的經驗，對人性的了解與觀察比較多一分心得，笨媽媽相信每一個人都有他的優點和長處，怎麼樣激發他們的潛能，使他們的優點和長處得以充分發揮，這才是重要的。所以，笨媽媽也從不苛求小孩的工作成績一定要達到某一標準，只求他們盡心就好了。笨媽媽相信任何一件事只要盡心盡意去做，就不怕不進步，不怕做不好。

工作上笨媽媽沒什麼可以教小孩的，倒是做人方面，笨媽媽到底年歲較長，閱歷較深，深深了解「做事容易做人難」的道理，常常報導他們言語要柔和，態度要謙遜，與人相處不卑不亢、進退有據，常保喜樂之心。甚至建議女孩子們在心情不好、面色不佳時，稍做化妝，好給自己以及他人一分容光煥發的感覺。

笨媽媽也幾次邀請服裝專家及美儀專家來會中演講如何穿著以及風度儀表的修養。每星期六下午尚且有音樂會、專題演講、藝術欣賞等等活動。藉此陶冶性靈，提升精神層面，豐富生命內涵。笨媽媽希望她的小孩個個風度大方，儀表端莊，談吐有氣質，她也有分爲人母者的虛榮和驕傲。

在開始伊甸的工作之前，笨媽媽已有相當的心理準備，可是實際參與之後，方知這份工作的複雜繁重，除了正常的作業之外，還不時要面對諸如鄰居無故侵占我們的走道，陶塑設備不合規格，廠商糾纏不肯退貨，某某婚姻介紹所妄想「借」用伊甸的帳戶徵婚等等莫名其妙的事，在「秀才遇見兵，有理講不清」的情況下，笨媽媽這個在山中修煉十年，自認脾氣已經相當爐火純青的人，也忍不住大發雷霆。有一次就把小孩嚇壞了，因爲他們從來沒看見笨媽媽生氣。

笨媽媽實在很不願意用這種方式處理問題，但偏偏會遇到一些缺乏理性、自私自利、沒有公德心的人，而這些人又偏偏都是她親愛的同胞！

正因爲笨媽媽知道自己精神體力有限，若是樣樣關心、事事操心的話，總有一天會變成諸葛亮的徒弟「食少事繁，事必躬親」，接著很快就會「鞠躬盡瘁，死而後已」

了。笨媽媽希望快快樂樂多活幾年，可不願早早「蒙主寵召」。既然職權劃分，各司其職，各盡其責，笨媽媽就盡可能不過問小事，只管決策以及各部門的協調工作，其他的，就推給他們自己去負責。有時候，小孩習慣性的來問笨媽媽，笨媽媽就會忍不住嘀咕：

「拜託你們不要拿這些小事煩我啊！不要讓我變成一個嘮嘮叨叨的老太婆！」

碰到這種媽媽，小孩還真會給弄得哭笑不得。

很多事情笨媽媽也盡可能要他們自己投票表決，完全民主制度，少數服從多數。比如他們自己決定早上八點上班，遲到一分鐘罰款三元，充做員工福利金，並且還選出了三位福利委員。每天早上若有人遲到時，這三位福利委員就心照不宣，不約而同瞄一眼牆上的大電鐘，透出一臉不懷好意的笑容。

由於做的是社會工作，笨媽媽非常重視整體的和諧，如果自己內部都不團結，同工之間有意見，那麼，拿什麼去服務別人，豈不是自打嘴巴、自欺欺人嗎？所以，伊甸有一條不成文法的怪規則——不准吵架！

雖然有人認爲吵架是種藝術，可以建設性的吵。笨媽媽沒學過社會學，也不懂心理學，更不明白什麼叫做建設性吵架。笨媽媽的老腦筋只知道吵架不是好事，因爲，人在吵架時難免會情緒激動，情緒激動時難免會口不擇言，口不擇言的結果往往會造成無法彌補的傷害。所以，笨媽媽嚴禁吵架，吵架的人——嘿嘿，罰錢，同樣充做福利金。

笨媽媽是個緊張大師，很怕小洞不補，大洞吃苦，一有問題發生，立刻要求他們當面溝通，以免成見日深。伊甸有專屬的晤談間、禱告室，不時發現有人關著門在裡面流淚「交心」。

也因此，伊甸小孩彼此之間那種關懷體貼、相親相愛的感情，使得每個到伊甸來的朋友都能感受到「家」的氣氛。

笨媽媽病了三十年，經歷了大風大浪，深懂盡其在我，成敗榮辱歸諸於天的哲理，沒有什麼心理負擔，不管工作再忙再累，心理一直保持寧靜自然，不慌不懼。每天笑口常開，彷彿天塌下來都壓不住她，因而伊甸的小孩個個都活潑異常，俏皮話一大籮筐。工作上固然是公私分明，私底下卻是和笨媽媽非常的沒大沒小。以前笨媽媽住山上，每天交通車接送時，必須兩位「大力士」抬上抬下，他們就藉題發揮，尋笨媽媽開心：

「唉呀！怎麼越來越重了！」

有一次，他們甚至建議笨媽媽：「以後伊甸再招新同工時，一定要先做體能測驗，抬得動輪椅的才准錄用。」

最近，他們又聯合封笨媽媽為「伊甸之后」。后者，厚也，蓋笨媽媽心廣體胖，日漸發福之故。

可以想見的，這些小孩和笨媽媽之間是如何的「貼心」。除了工作之外，大大小小的事，情緒上的、感情上的、家庭裡的，他們都會私下找笨媽媽談，笨媽媽或鼓勵或安慰或開導，給他們一些適時的支持，若連笨媽媽也解決不了時，笨媽媽就和他們一起禱告，交託給上帝，總讓他們知道，這個媽媽雖然笨，然而不論發生什麼事，都和他們站在一條線。他們一點也不孤單。

伊甸陰盛陽衰，女孩個個溫柔美麗，無奈大都雲英未嫁，小姑獨處，笨媽媽看他們一個個老大不小，也為她們的婚事著急，常常四處託人介紹，偏偏笨媽媽眼界高，「相」過對方之後（當然得媽媽先看才行），又往往覺得對方這樣不行，那樣不好，矛盾得很。小孩就在一旁取笑說：

「哼，天下媽媽都是這個樣子，總覺得沒有人配得上自己的小孩！」

有時笨媽媽也忍不住罵她們：「笨哪，笨哪！這麼大了還找不到男朋友！」

她們不服氣的頂回來：「那是妳領導無方！」

敢情笨媽媽到現在也還沒找到笨爸爸。有回禱告會，笨媽媽居然聽到小孩祈求上帝賜給笨媽媽一個笨爸爸，不免又驚奇又好玩。雖然笨媽媽一個人的日子過得甚好，可不需要什麼人來擾亂她的生活，不過這分心意卻讓笨媽媽心裡溫暖許久。

今年母親節，笨媽媽收到好大一盆康乃馨，外加一張精緻美麗的卡片，上面寫著：

獻給親愛的母親
上帝不能親自到每一家
所以創造了母親
上帝不能親自到我們面前，卻差來了使者您——伊甸的母親

這一天，笨媽媽是世界上最最快樂的女人。

——原載《中央副刊》

走馬北京城

——大陸殘障福利印象

我們說殘障，他們稱之爲殘疾，其實指的都是一些或因病因傷，或先天或後天，身體的某一部分機能因殘疾而致障礙者。中共把殘疾人分爲五大類：視障、聽語障、肢障、智障和精神病患，根據他們兩年前的一項殘疾人口普查資料，中國大陸目前的殘疾人有五千一百多萬人，這和聯合國世界衛生組織所公布的一個國家的殘障人口約占百分之五到百分之十五的說法十分接近，比起我們的內政部至今仍然遮遮掩掩、羞羞慚慚地只「敢」承認我們的殘障人口只有十四萬人（事實上，這只是指領有殘障手冊者而言，確實的人數應該超過一百萬人以上），我不得不佩服中共當局的「勇敢」和「坦白」。

「我們還未把台灣省的殘疾人算進去呢！」

當然，一位中共官員「意味深長」地告訴我：「我們還未把台灣『省』的殘疾人算進去呢！」台灣到底該算「省」還是該算「國」，且留待兩岸的政治人物去各說各話吧！我只關心兩岸殘疾（障）人的福利和權益。

中共「解放」大陸四十年，一直忙於公鬥私鬥、內鬥外鬥，從三反五反、土改大躍進，一直到文化大革命，大陸老百姓給鬥得死去活來、一窮二白，哪裡有時間有心情去關心殘疾人？不過，在這些大鬥小鬥中，倒也產生了一位和今天大陸殘疾人息息相關的關鍵人物——鄧樸方。文化大革命時，鄧樸方被紅衛兵從樓上扔下來，造成半身癱瘓，八年前，他在加拿大接受了一次手術後回國，創辦了中國殘疾人聯合會（簡稱「中殘聯」），開始推動殘疾人「事業」（我們叫福利，他們稱之為事業），由於他是鄧小平的兒子，身分特殊，這幾年，殘疾人「事業」便成為中共當局政策重點之一，不久前，他們才通過「殘疾人保障法」，目前尚有「殘疾人勞動就業法」正在擬訂中，藉著這次帶隊赴北京參加第九屆亞太地區康復會議，稍稍對他們的殘疾人「事業」做了一點觀察和了解。

要落實殘障福利，首要之急是無障礙環境的規畫，否則，殘障朋友若連自家的大門都邁不出去，又哪裡談得到就醫、就學、就養呢？所以，每到一個新的地區，我第一個注意到的是當地的公共設施、交通工具和建築物。北京，是他們的首都，不久前又剛剛辦了次亞運，為了示範，也為了宣傳，因此，在他們這次整修馬路時，主要的道路兩側便都「不露痕跡」的做了斜坡道，但「市面」上依然很少見到殘障朋友，因爲光有斜坡道還不夠，北京的地下鐵、電車、公共汽車全部都有障礙，加上北京一地人口一千萬，上下班時非得具有楊傳廣十項全能身手才有可能擠上車，遑論殘疾人？殘疾人要上街的唯一工具是三輪「腳踏車」（他們把腳踏車叫自行車，把摩托車叫「腳踏車」）。中共對「腳踏車」的管制極嚴，有的城市一年只發五個牌照，誰家有輛「腳踏車」是件既拉風又騷包的事，當然，這中間要走多少後門就不得而知了。而唯一不受限制的便是殘疾的人，只不過一輛三輪「腳踏車」時價好幾千元人民幣，不要說沒有工作的殘疾人，就是他們有工作，以他們百把塊微薄的工資，除非家長支援，眞不知何年何月才能擁有一輛？這也是爲什麼我一上街就成爲注目的「焦點」，小孩兒好奇的叫著：「小轆轤車，好好玩呀！」

這是一所標準的「樣板」中心

交通工具尚且如此，其他公共設施和建築物就可想而知，幾乎都停留在四十年前尚未「解放」的情況，重殘的朋友想要到大陸「探親」（爲擁護政府尚未開放「觀光」之故），若不隨行幾位身強力壯的保鏢，眞會有寸步難行之苦。

在此次北京會議期中，有三次「不同尋常」的經驗。

主辦單位在尚未正式開幕之前，便舉辦了一次殘障輔助器具展示，由於號稱規模龐大、史無前例，且請了亞太會議主席來剪綵，兩岸「隔閡」四十年未曾接觸，在不明虛實的情況下，我們滿懷希望、興致勃勃的前往參觀，展覽會場確實氣勢恢宏（好像是列寧紀念館還是什麼地方，記不清了），只不過擠了數十家小攤位，正聲嘶力竭，各顯神通的推銷他們的產品——這些產品實在看不出什麼突出新奇。其雜亂及商業化實不下台北夜市攤。

我繞行一周，看到一處賣輪椅的，順口問他們價格，回答說：「定價美金一千元！殘疾人特價優待二百元！」事後我越想越不懂，不知道非殘疾人要買輪椅做什麼？

大會期間有一天專程安排參觀活動，我原報名另一組，結果因爲主辦單位在報告中一再提及北京康復研究中心占地遼闊設備新穎，居亞洲之冠，在如此「推崇」之下，我和大多數會員一樣，臨時改變主意到康復中心參觀。或許康復中心從來不曾一下子同時接待這麼多貴賓，接待人員手忙腳亂之餘，只有在走廊簡報，鬧烘烘一群亂民，既聽不清楚領隊講些什麼，到最後連領頭的影子也鴻飛冥冥，大家只有各奔前程、自求多福。

人很容易被自己的幻想欺騙，正因爲一開始期望太大，到最後整整逛了一圈下來，實在不是「失望」兩個字可以形容的。當他們誇口康復中心的規模和設備是亞太地區首屆一指時，他們一定沒有看過香港的復康醫院，也一定不知道二十五年前我在台北榮民總醫院時，榮總的復健醫學部的規模與設備就已超過了他們，所謂的職能評估、復健部門不是冷冷清清一、兩張桌椅，就是空空蕩蕩幾件簡單的機械。猶有甚者，水療池子全部乾涸見底不說，還擺了些雜物在池底。理由是北京的水質太硬，清洗池子太麻煩。同樣的情形，他們有太多的儀器都尚未啓封、完好無缺地「展示」在那裡，因爲沒有人懂得使用，全成了聾子的耳朵——擺設。

身爲一名社會工作者，也是一位文字工作者，我喜歡從小地方看大問題。他們一位主管告訴我，康復中心目前所有醫護人員共有一千一百餘位，病床兩百一十張（一說二百五十張），每位病人每月至少須花用一千元人民幣的住院費，說的人洋洋得意，不斷「暗示」我，他們的國家投置了大量的人力經費是多麼地「照顧」殘疾人，我除了對平均五位醫護人員看顧一位病人的「周到」歎爲觀止外，我也懷疑，以大陸同胞平均一個月一百五十元左右的薪資，有哪一位病人住得起如此昂貴的康復中心？即使是報公費，以大陸人口之多，又有幾人擠得進去？

我只能說，這是一所標準的「樣板」中心！

「神話」當成國際會議桌上的學術報告

在未去大陸之前，我便耳聞大陸的氣功治療如何如何了不得，這些年我的關節一直大痛小痛不斷，因此趁開會之便，順便也想找個氣功師試試看，能否減輕一點我關節的疼痛。在會議的最後一天議程，大會無巧不巧的請了一位上海來的氣功大師現場表演，一個患有「腦癱」（我們這裡叫腦性痲痹），大約三、四歲的小女孩，從小下半身癱瘓，不會講話，經過半年的氣功治療後，不僅口齒伶俐，而且能跑能跳，能蹲能站，看不出有任何「異常」之處。可惜的是這位氣功大師並未將治療過程加以實錄，何以有這樣大的療效也「語焉不清」，讓人彷彿看了場魔術表演似的。

親友聽說我對氣功有興趣，特別找了一捲有名的張大師治病的錄影帶放給我看，只見一位癱瘓在床二十多年的女病人，經過張大師按頂灌「氣」之後，短短不到幾分鐘時間，就掀開被褥，下地行走，另一位手拄枴杖的殘障者，竟然把枴杖一扔，跳躍如小鹿，跪在張大師面前，磕頭如搗蒜，如此的「神蹟」，只有在一千九百多年前的耶路撒冷見過，耶穌對躺在地上的癱子說：「起來！拿起你的褥子平平安安去吧，你的信心救了你！」

大會中類似如此不可思議的治療還有一場，一位年輕的女醫師提出一篇食物療法的「論文報告」。說明智障者的食物添加胡桃、紅棗、蓮子……等食物後，便能增加並改善他們的智能，至於食物中要添加多少分量，食用多久，智商才能獲得改善，有無做過臨床實驗，當場就有人提出質疑。可是這位女醫師卻顧左右而言他，只說她是看了四十多篇有關報導，並且根據中國的古老傳說證明的。

會後，一位香港代表忍不住挖苦說：「中國有這麼多偉大的研究發明，早就可以得好幾座諾貝爾醫學獎啦！」

這話或許說得刻薄了點。事實上，爲了舉辦這次會議，中共當局確實盡了極大的努力，但是，這樣的「神話」也可以當成學術研究，拿到國際會議桌上報告，不是看輕了一千多位來自全球五十餘國及地區的代表，就是自我膨脹的「義和團」心理。

同爲中國人，我能充分體會香港代表的心情。

台灣的教材比較適合中國的民情

我一直以爲，中華民國的特殊教育，比起歐美日等國，十分十分的落後，我們的師資不夠，我們的經費有限，很多的制度僵化……所以，我們要改善、要爭取、要抗議。可是，到了大陸，豈止是不夠，簡直是沒有。

「說出來幾乎沒人相信，大陸的特殊教材是引用台灣的。」一位中共民政部高級主管親口告訴我。「爲什麼不用歐美等國的教材，不是更先進嗎？」我免不了有些疑惑。這位朋友說，西方的東西不一定適合中國的民情，更何況，台灣的教材，連翻譯都不必，直接派上用場。

不單單是特殊教育，還包括了社會學、心理學……等等課程也都取用自台灣，至於師資嘛，朋友無奈的表示：「以前沒有培養這方面的人才，一旦政策開放，一時之間哪裡找這麼多特殊老師？只好從已經退休的老師中，挑一些看起來面目善良、脾氣溫和的來擔任，既沒有時間訓練，也沒有人可以訓練他們，只有請他們把教材帶回去自己看看就走馬上任了，沒辦法，應急嘛！」

聽起來相當可笑，想起來卻不免心酸，事實上，這位朋友承認，他們目前還停留在收養階段，根本談不上教育！

在台灣，我們一直強調，人民有受教育的權利，且受教育的權利一律平等，這是憲法所賦予人民的基本權益，因此，對於任何不公平不合理的限制和法令，我們一定反抗到底。多年來，在我們鍥而不捨的努力下，教育當局終於全面取消了對病殘生投考大專的設限。然而，一個身有殘疾的大陸青年，想要上大學永遠是他遙不可及的夢想，因爲，准不准許他接受高等教育都是政府的權「力」。

我的一位表妹和表妹夫都是小兒痲痺患者，表妹夫的症狀十分輕微，未裝支架，亦不須柺杖，只是走路稍稍有些不平衡，他連考了兩年大學，兩年的錄取通知都寄到了家中，卻在體檢一關時被刷了下來，最後只好死了心，乖乖進入工廠。在共產主義的社會裡，工人萬歲，知識分子是臭老九，更何況書念多了，思路開通了，難免要「造反」，這是他們的大忌，因此，基本上中共並不鼓勵人民接受太多的教育。

一九八七年，北京大學不知什麼原因，突然開放接受病殘生投考，一時之間，「歡聲雷動」，前後兩年，北京大學總共錄取了三十一位殘疾學生，不幸的是六四天安門事件之後，大學之門再度關閉，理由是所有北京大學的新生都必須先接受一年的軍訓。

在面對許多位大陸的殘疾青年，我們不知該鼓勵他們爭取自己的權利好，還是勸他們認命的好，心中眞是充滿了矛盾掙扎。在那樣一個社會，那樣一種制度下，他們到底要何去何從呢？

我們整整抗爭了十年，費了九牛二虎之力，和政府不斷的討價還價，還賠上了「張志雄」一條命，總算在今年通過了殘障福利法修正案，總算使殘障者的就業獲得定額僱用的保障，雖然將來在執行時還會發生什麼問題，還需要花多少力氣才能落實，不得而知，而在海峽的對岸，殘疾人的輔導就業不是一句口號，而是早已雷厲風行的執行當中。

殘障福利法變成「殘障」福利法

我的一位住在寶雞市的表妹是一家服裝製帽工廠的廠長，手下有四百位職工，其中有一位單位全部都是聽語障者，大約有六十位。

我曾親自到他們工廠參觀，並且和他們有著簡短的「交談」，他們專門生產勞工用手套，一般人的生活額限定每天是十五打，他們的限定額是十打，至於薪水也大約是一般人的七成，好在他們不必繳稅，而工廠僱用殘疾人，這一部分的營利所得稅也可以扣除。

另一對同患小兒痲痹的表妹夫婦，同在一家童裝工廠工作，工廠規模不大，但也有十餘位殘疾人，生產的童裝供不應求，表妹夫婦興致勃勃的表示，想要把廠包下來自己做。自己做的好處是不必拿那一份死薪水，只要有把握打開銷路，繳一定的比例給政府外，其他賺的和職工平均分配，壞處是你必須承擔生意失敗的風險，因爲政府是管賺不管賠的。

好在大陸有十一億人口的潛在市場，以前物質條件極度匱乏，如今政府允許有個體戶存在，任何人員只要肯努力，就不怕訂單不源源而來。「但萬一呢？」我免不了杞人憂天：「萬一工廠經營不善，關門大吉了，你們怎麼辦？」

「不用擔心，政府會優先輔導殘疾人到其他工廠轉業。」

「眞好！」大陸之行二十三天，這是我唯一由衷的讚賞。

安置殘疾人就業，固然是中共當局的政策之一，一聲令下，上行下效，而在這樣優厚的條件下，工廠配合的意願也相當的高。寶雞市已經有工廠陸續跟進，身爲工業重鎭的西安市則已有二十餘家工廠接納殘疾人。根據中共的一份統計資料，大陸十六歲以上五十九歲以下的殘疾人就業率，大約在百分之五十八，和台灣的就業率不相上下，只不過我們是靠殘障朋友自己流淚流汗打拚出來的成績，他們是靠政府的保障。

我國殘障福利法施行細則即將公布，定額僱用也將從八十年度強制執行，但政府若不事先做好職業訓練，加強對工商企業體的宣導溝通，屆時企業體找不到足夠「具有工作能力」的殘障者就業，還要承擔被罰的後果，只怕會引起很大的反彈，「後患無窮」。至於政府自己，若不改善公務人員考試任用體檢辦法，恐怕每一家政府機構都要被罰，聽說中鋼、郵政局等單位已公開表示，他們不歡迎殘障人士任職，寧肯編列預算繳交罰金，問題是羊毛出在羊身上，這些錢難道不是來自納稅義務人的荷包嗎？而殘障福利法只怕到時候又要成爲「殘障」福利法！

寶雞市的黨委書記希望我到大陸投資，我忘了問她，歡不歡迎我帶台灣的殘障「同胞」到大陸開工廠。

公私不分的「中殘聯」

這次亞太地區康復會談是由中國殘疾人聯合會主辦的，第二天開幕時，大會報告「中殘聯」在短短八年間發展爲二千七百個分支機構，或許在主辦單位這是一件忍不住要誇耀的事，可是對任何一個有「心」的人來說，都免不了憂心忡忡，這樣快速的發展絕對是有害無利，經費或許因爲鄧樸方的關係不成問題，但人才的培養卻是需要時間、需要計畫的，絕對無法一蹴可成。在人才大量缺乏下，一定是進用非專業人才，形成「瞎子領瞎子」的局面，這些人不懂專業知識，如果也不肯尊重專業人才，有一天就會出現「劣幣逐良幣」的情況，對殘障福利的落實與扎根將是很大的誤導和阻礙。

快速發展的另一項隱憂是組織鬆散，管理不易，極易產生良莠不齊的弊端，一些別有用心者很可能打著爲殘障謀福利的旗號，結果是「掛羊頭賣狗肉」，圖利自己，而天高皇帝遠，誰也管不到。兩年前「中殘聯」的附屬機構「康華公司」就因爲貪汙弄得烏煙瘴氣，舉國皆知，最後還是鄧小平親自下令結束關門的，但此一事件對「中殘聯」及鄧樸方個人形象的損害卻是無法彌補的。

「中殘聯」本身是個很奇特的單位，爲了對外的形象，募款的方便，它是財團法人的名義，一個純屬民間的機構，但事實上它所有的工作人員都是政府單位調派，拿公家薪水的公務員，鄧樸方的職位相等於民政部副部長，只不過對外不公開。而「中殘聯」的工作又大都和民政部重疊重複，這樣很容易造成權責不分，指揮系統混亂，我曾問過一些下級單位，他們說部分業務是民政部管，部分業務歸「中殘聯」管，至於這中間怎麼區分則眾說紛紜，不知所以，可見問題之嚴重性。在雙頭馬車的領導下，下級單位無所適從，所形成的現象，很可能是平日彼此爭權奪利，出了差錯又相互推拖拉一番，誰都不願負責任。這也是我深深引以為憂的。

今天，或許因為鄧樸方的身分特殊，民政部不看僧面看佛面，屈意配合，但地方單位是否有這樣的「共識」呢？我曾親自聽到地方民政單位對「中殘聯」有極為不滿及不屑的批評。俗話說「人在人情在」，目前都已如此，萬一有一天，小鄧先生或老鄧先生不在了，民政部還會「尊重」這樣一個非公非私、又公又私的畸形機構，任其自由發展嗎？

造成今天「中殘聯」尷尬地位的主要原因是它本身定位的不清楚，「中殘聯」應該本諸「上帝的歸給上帝、凱撒的歸給凱撒」的原則，把一切行政執行工作交還民政部，自己扮演一個諮商和學術研究的角色，參與法令的制訂和修正、資料的彙集整理、相關課題的研究開發、教材的編撰、專業人員的代訓、評鑑制度的建立等等，充分發揮推動、監督、評估的民間機構功能，不僅提高本身的層次，而且立場客觀超然，又避免和民政部「利益」衝突，將來不論誰來領導，「中殘聯」都能順利發展，有它「生存」的空間。

問題是，千古以來，中國人一向「人治」重於「法治」，如果五千一百萬中國殘疾人的前途取決於一個特定的人物，那麼，這到底是他們的幸或不幸呢？

這是回來之後，我一直問自己的一個問題！

「愛心一號」退伍記

從來只聽說公務員年紀大了要退休，阿兵哥當久了要退伍，可沒聽說我這輛福特老爺車服務八年之後，竟然也披紅掛彩，光榮退伍。此話說來甚長，且聽我慢慢道來：

不知大夥兒你可知道「伊甸殘障福利基金會」？它是由作家劉俠女士所創辦，專門爲殘障朋友服務的機構。創辦之初，僅有兩個半職同工，在景美溪口街租了一戶二十幾坪的房子，麻雀雖小，五臟俱全，客廳權當教堂，兩間臥室一做辦公室，一做圖書室，輔導晤談只好克難就簡，利用浴室。浴缸上搭塊木板，鋪上地攤上買來的廉價地毯，倒也有模有樣，尙且隱祕性甚高，符合輔導原則。只不過輔導期間，嚴禁他人使用洗水間，以防「天機」外洩，因此，每天總有一段時間，有人面對「輔導室」跳腳，望門興嘆。

話說當時伊甸的掌門人劉姊，家住新店花園新城，到辦公室車程不到半個時辰，換做別人，不論騎機車或搭社區巴士，均十分快捷方便，無奈劉姊全身關節僵化，既不能揹又不能抱，更無法自行上下輪椅，如何上班便成一大難題，好在不久之後，一位同工的哥哥借了輛小貨車給伊甸，每天早上由兩位同工輪流「運」送劉姊。貨車專爲載貨設計，底盤甚硬，劉姊坐在其中，全身肌肉隨著車行時快時慢跳著「倫巴」、「恰恰」，加上車廂封閉，猶如囚車，無聊中總不免以幻想自娛，如果有一天後車門一個不小心彈開，輪椅急駛而出，只聽咚、嗆、轟隆一陣緊急煞車，大小喇叭齊鳴，前後大小車子全撞成一團。可惜，如此勞萊哈台式的場景始終未曾出現，白白辜負了劉姊豐富的想像力。

第二年，伊甸由於社會大眾熱烈的關懷和支持，事工發展甚速，原址早已不敷使用。承蒙一家著名建築公司以近乎一半的價格，將光復北路一棟大樓二百多坪地下室賣給我們。如此一來，劉姊上班路途遙遠，加以小貨車原主收回，另有他用，因此一輛公務車便成爲伊甸當急之需。伊甸不斷發出SOS求救訊號，終於被長江國際獅子會接收到，經過全體獅兄獅弟同意，充分發揮人溺己溺的同胞愛精神，同年八月，捐贈我們一輛九人座的福特載卡多，那就是區區在下我啦！

一輛新車如同一名新生嬰兒，百般寵愛自不在話下，首要之務便是取個名字，既然我是社會愛心產品，討個吉祥，就叫「伊甸愛心一號」吧，洋名簡稱LOVE 1，言下之意，當然是有一就有二，希望愛心源源不斷來到。從那個時候開始，我就正式加入伊甸的服務，成爲伊甸的一員啦！

不是伊甸「人」，不知伊甸工作之辛苦繁重，每個同工應徵時，劉姊常常警告他說：「在我們這裡工作很重，薪水很少，如果有更好的工作機會，我建議你不妨考慮別處。」接著話鋒一轉：「當然，從事殘障福利工作最大的成就感就是你會看到殘障朋友因著你的付出和努力，生命有所改變和成長，這種無形的報償，不是金錢買得到……」唉！在這種「威脅利誘」、「欲擒故縱」劉子兵法運作下，鮮有人不熱血沸騰、慷慨赴義，以拯救天下殘障朋友爲己任的。以後果然給累得七葷八素，人仰馬翻，也無怨可抱，無苦可訴，蓋劉姊早已有言在先呀！當時同工之間流行一句話：「在伊甸，要錢沒有，要命一條！」而我，身負全會運輸大任，自然也是隨時待命，全力以赴了。

請不起專任司機，劉姊下了一道命令，凡是手腳方便的同工，不論男女，一律都得學會開車。這下我可慘了，碰到這些初生之犢不畏虎的菜鳥司機，開起車來笨手笨腳有之，心慌意亂有之，膽大包天有之，經常把我撞得頭破血流，全身青紫。俗話說千里馬尚有伯樂慧眼識英雄，而我竟然落到如此地步，想想不免心酸，繼而一想，伊甸同工兢兢業業還不是爲了服務殘障同胞嗎？更何況，那些平日嬌生慣養的女孩子爲了練車，往往早飯不吃，午覺不睡，練得臉色發白，雙腿發軟，有一次爲了不知怎樣倒車入庫，嚇得花容失色，哇哇大哭，我雖然是一名鐵打的漢子，但也有惜香憐玉之情，看到她們爲工作如此賣命，那裡還忍心苛責，即使自己受點皮肉之苦，也只有認了。

而更慘的是劉姊，坐在車裡，任憑著那些新手橫衝直撞，我被撞凹一塊，頂多到工廠板板金就成了。劉姊可是血肉之軀。那段日子，後車廂不時傳來一聲聲慘叫，我就知道八成又是哪個膽大包天的傢伙，誤闖紅燈，車行過速，煞車不及……可憐劉姊的腦袋有如颱風下的路樹，東倒西歪，只差還沒連根拔起而已，劉姊時常懷疑，近年來她的腦袋越來越「短路」，不知是否和當年的「震撼教育」有關。

除此之外，像是撞斷行道樹，壓傷野狗更是時有所聞，有一回，車過十字路口未曾減速，偏偏左側又冒出來搶黃燈的飛車騎士，只見說時遲那時快，「轟」然一聲巨響，人車均躺臥馬路中央，人命關天，劉姊嚇得心臟都快停了，連忙停車查看，幸虧上帝保佑，那人只不過腳部擦傷，送到醫院敷了點藥也就無事了。如此內憂外患了一年，人車漸上軌道，而劉姊也從錯誤中汲取經驗，以後出門必以安全帶將自己緊緊繫在輪椅上，她嚴重警告同工，不得在安全帶上偷作記號，以防腰圍尺寸外洩。那時，車上尚未裝置升降機，每次上車均須勞動二、三位同工抬她，久而久之，同工肩頭的三角肌特別發達，曾有同工建議說：「以後招考職員，一定要先做體能測驗，但凡抬得動劉姊的，才准錄用。」至於劉姊「分量」到底如何，則列爲伊甸最高機密之一。

我到伊甸服役的第一年，伊甸和屏東勝利之家聯合策畫了殘障朋友的戶外運動系列，第一個梯次是「大山營」——中橫健行。老實說，我還眞給嚇了一跳，那個時候，我也和一般人的觀念一樣，認爲殘障朋友行動不方便，已經夠可憐了，不讓他們好好留在家裡，居然還叫他們爬山健行，不是太殘忍了嗎？可是，他們認爲以往就是因爲殘障朋友受到太多保護，以至於造成凡事「我不能」、「我不敢」、「我怕」的怯懦心理，如何幫助他們走出戶外，迎向大自然，嘗試著去面對、去克服可能遇到的一些障礙和困難，是一種對生命的挑戰，自我成長，因此，整個活動的設計是按著個人不同的體能，選擇每日健行的里程，然後逐日增加。當然，半途走不動了，儘管停下來休息，我們有巡迴車沿途接人，我就是扮演這個「超車」（不是超人）的角色。每當我好心停下來載他們時，他們非但不領情，反而趕我走：「討厭，我才不要像垃圾一樣被你撿回去！」冤枉呀！我是愛心一號，什麼時候變成了垃圾車啦？眞是好心沒好報！不過，當我看到那些孩子被激發出來的信心，不肯服輸的毅力勇氣，不由得心裡暗暗感佩。說出來幾乎沒人相信，最後一天竟有人一口氣走了十五公里。更驚人的是，兩個月後，他們又去攀登玉山。雖然爬到排雲山莊時，由於體力透支，加上嚮導生病而不克攻頂，但這樣的創舉及壯舉，已經震驚全國，孩子們免不了有功虧一簣的遺憾，劉姊安慰他們說：「今天，你們要征服的其實並不是那座標高三千九百多公尺的玉山，而是對自我的極限，以及社會大眾對殘障朋友的偏見！」

第二年，他們陸續辦了「大海營」，帶殘障朋友到墾丁南灣去潛水，看海底花花世界。第三年，「大野營」，野外求生……這一連串的活動辦下來，不只結結實實給社會大眾上了寶貴的一課，而且給殘障朋友的心理建設、心靈啓發有著莫大的助益，有位殘障朋友就說：「老實說，如果我能克服對大自然的恐懼，以後再也沒有什麼能難得倒我了！」殘障朋友不再是需要保護、救濟的「次等人」，只要給他適當的輔導和教育，以及足夠的空間，公平競爭的機會，他們就能表現得很好，絕不輸給一般人。殘障重建的終極目的就是重回社會。

重回社會，說來容易做來難，首要之務就是無障礙環境規畫，放眼台北市，攤販林立，機車橫行，人行道和騎樓崎嶇不平，加上交通工具、公共設施……殘障朋友出一趟門，簡直寸步難行，於是，伊甸設計了一連串的宣導活動，例如「礙的路上我和你」、「化礙爲愛」、「殘障體驗遊」，再加上座談會、公德會、生活營、街頭訪問、田野調查、復康巴士上路等等，把新聞炒得轟轟烈烈，一時之間，政府、社會大眾都開始了解無障礙環境的重要。

伊甸一向強調，「給殘障朋友魚吃，不如教他釣魚的技巧」，所以特別重視職業訓練，絕對不是我胡吹亂蓋，伊甸的學生在沒畢業之前，幾乎都被工商企業預訂一空，尤其是電腦程式設計班，就業率更是百分之百，有一年參加政府的比賽，前三名竟然都被他們包下來。

爲了給予殘障朋友一個更廣闊的天地，更公平的就業市場，對於不合理的法令規章及人事制度，不遺餘力的爭取修正，並連署其他殘障相關團體，從取消大專院校病殘生的設限，到殘障福利法修正案的通過，以及中央總預算中殘障福利預算的增列，和相關機構不斷的溝通協調，並發動一波波的請願活動，終於讓政府及社會大眾理解到殘障福利的重要，殘障朋友權益的不可剝奪，短短幾年工夫，許多不合理的現象俱已改善，而預算也從民國七十八年的一千五百萬增加到如今的三十四億，殘障團體可說打了漂漂亮亮的一仗。更因此促使殘障團體的大結合，成立了中華民國殘障團體聯盟。無怪乎立委李勝峰曾說：「中華民國有始以來，規模最龐大，凝聚力最強，功效也最顯著的遊說團體就是殘障聯盟！」這一切的成果，伊甸不敢居功，但做爲一個主要的推動者，卻是不爭的事實。而從頭到尾的活動，我都躬逢其盛跟著大夥兒衝刺，其間的艱苦辛酸實不足爲外人道，但看到殘障朋友，如今已爲社會接納並尊重，工作獲得保障，辛苦之餘，也不免有極大的成就感和滿足感。

每次載他們出門，心中都頗多感觸，看他們常常一個個累得七葷八素，尤其是劉姊，往往因爲關節痛而哀哀叫，可是工作起來，卻生龍活虎，笑話不斷。有一次還鬧了個大笑話，有位義工朋友孤陋寡聞，不識劉姊廬山眞面目，把劉姊抬上車後，竟然問劉姊在伊甸是做什麼的？劉姊想了半天，當時雖有六個部門，她每個部門多少都參與一點，卻非實際執行人員，名副其實的「樣樣都管，樣樣都不管」，只好說：「我在伊甸打雜！」那位義工朋友怕她難過，還十分好心的安慰她：「打雜也是很重要的，沒有兩把刷子還做不來呢！」當場差點沒把我給笑翻。

劉姊常形容伊甸有三多，「瘋子多，胖子多，快樂的捐血人多。」瘋子多，是指伊甸每一位工作人員，工作起來都有一股傻勁瘋勁，一提起殘障福利，很多人都稱讚劉姊很了不起，很偉大等等。可是劉姊認爲她只是一個代表，眞正的幕後英雄，是這一群不計酬勞，不顧辛苦的工作夥伴，沒有誰爭權奪利，也沒有誰鉤心鬥角，一起爲殘障朋友打拚，無悔無怨。我也跟著他們南北奔馳，上山下海，不論運貨、載人，或是義賣卡片，參與活動，忙得不亦樂乎。正因爲瘋子這麼多，工作的氣氛也特別高昂，每天「鮮」事不斷，很多工作人員離職後，捨不得這樣的環境，回鍋的油條也不少。大概是同工相處得太愉快了，來到伊甸工作的人員很少有人不發福的，最高的紀錄是三年內增加了十一公斤，尤其是喜樂四重唱的四位成員，初進伊甸時都是苗條英傻的傻小子，如今大腹便便行動蹣跚，劉姊帶他們出去作見證，他們站在劉姊前面有若四座肉屏風。有一度劉姊鼓勵他們減肥，每減一公斤獎賞一百元，可惜好景不常，不久之後故態復萌。劉姊常說，光看伊甸的工作人員一個個養得白白胖胖，要說台灣的殘障福利工作做得不好，恐怕都沒人相信。不過伊甸的同工另有說詞，說他們努力增胖的原因，是要超過劉姊，避免他們的大家長心生自卑也！至於，快樂的捐血人多，並不是我們都響應孫叔叔的號召，「捐血一袋，救人一命」，而是因為我們的辦公室位處地下室，潮濕陰暗，蚊蚋特多，每天都不斷聽到劈劈啪啪聲打不勝打，只好美其名曰快樂的捐血人，他們最大的願望，就是能夠找一塊地，好好的規畫，蓋兩棟大樓，也讓他們從此走出地下，不再過穴居的生活。

伊甸即將邁入第三個五年計畫，看著它發展和成長，我也與有榮焉，只是這兩年來我感到身體的情況越來越差，經常不是這裡痛、那裡疼，就是跑起路來氣喘如牛，一搖三晃，加上早年沒有好好保養，內傷頗多，竟然常常半路熄火，有一次走到高速公路上也是如此，嚇得沒有人敢再開我上路，雖然幾經整修也無補於事，人老了要退休，車子也一樣，「廉頗雖老，雄心不已」，我實在捨不得離開伊甸這個可愛的大家庭，但人命關天，茲事體大，也不得不面對被淘汰的事實。

就在我被送廠解體之前，伊甸竟然製作了一個大大的勛章送給我，劉姊感性的說：「謝謝你這麼多年在伊甸的服務，你的汗馬功勞，伊甸會永遠記得，你曾經是我們中間的一員！」劉姊的話讓我不禁老淚縱橫，又難過又欣慰，舉世之間大概沒有一輛車子擁有像我這樣的殊榮，我也該心滿意足了，雖然我知道我很快的會成爲一堆廢鐵，但我一點也不後悔，在中華民國的殘障福利史上，我曾經和這些勇敢可愛的朋友一起奔馳，一同歡笑！

我親愛的朋友，再見了，我永遠愛你們，祝福你們。

美夢初成

我一直以爲，這只是一個癡人的夢想。

每每在藍天晴好，坐擁一山青翠的時刻，這個夢便揪著我的心，隱隱作痛。

今日的我，已經爲自己開創了一片天地；今日的我，也已經可以被這個社會接受和肯定，然而，還有太多太多和我一樣的孩子在黑暗中掙扎，找不到一條自己的路。

面對著一張張無助的臉，一封封求援的信，我無法轉身不顧。我竟然覺得安安靜靜坐在家中寫我的稿，過我的太平歲月也是一種罪惡。

爲了我的一篇文章放在國中的課本裡，去年春天，某所國中一百多個光頭小男生冒著大雨上山看我，老遠老遠就聽見他們大著喉嚨唱歌，唱得半邊天都震動了。實在淋得太厲害了，但是老師堅持不讓他們進來，我說沒關係，地板髒了可以擦，牆壁髒了可以刷，沒關係的。

可是老師不肯，怎麼也不肯。吆喝著趕小雞似的把他們全趕到馬路邊，蝟集成一大片。

老師說：「妳只要坐在陽台上講幾句話就可以了。」

結果，我才一露面，一百多條大喉嚨就在老師的命令下衝著我大喊：「劉姊姊好！」

喊得幾棟樓的住戶都跑出來看熱鬧。

喊完了，老師又命令他們唱幾首歌給「劉姊姊」聽。於是，就像上了發條的小機器人，他們唱國旗歌、唱旗正飄飄、唱梅花、唱……可是我多麼想聽聽他們剛剛一路唱過來的「嘩啦啦啦雨來了……」

也喊完了，也唱完了，老師說：「請劉姊姊給同學們講幾句話吧！」

我能說什麼呢？面對這一大群雨中的孩子，一張張中國人特有的溫順、忍耐、樸實的小臉，我發現即便是一句抱歉的話對他們都是一種褻瀆。

我只想哭，只想跑到他們中間一同淋雨。

老師是太尊敬我，太拿我當「大人物」看待了。

然而，我是嗎？我配嗎？難道我一生所追求的就是這些歡呼、讚美，或是讓別人一見了我就尊敬有加、肅然起敬？如果是的，不用別人說，我自己就可以斷定我這一生是個失敗的人物。

因爲，遲早有一天我會被這些浮名活活淹死。

病了三十年，生生死死的場面看了不知多少，死神近得觸手可及。一位老太太前一分鐘尚且削著蘋果，愉快的和我們聊著天，突然頭一歪，蘋果骨碌碌的滾到地上去了。一位專門從事中東貿易的年輕人，短短一年中淨賺了八千萬，日夜拚命的結果，卻是患了不治的肝癌，短短不到一個月的時間就死了。

生死一線，那些功名利祿，榮華富貴都到哪去了？

當選十大傑出女青年的時候，腿痛正劇，我忍不住流下輕易不肯流下的眼淚，不是欣喜，而是感觸，因爲我發現即便是這樣的榮譽亦不能減輕我一絲一毫的痛苦。

人世間便再也沒有什麼值得追求的，唯一不捨的便是那些孩子，那些依然在黑暗中摸索掙扎，四處碰壁的孩子，如果因爲我的經驗或帶領而能使他們的眼淚少流一點，路走得更平坦一點，那麼，我的受苦就不是徒然的。

多少年來，這個夢因而一直醞釀在心中，不時發酵。如果有一塊地，可以教他們手工藝，設置庇護工廠，可以帶著他們種花種樹、養雞養鹿，可以……

如果有這樣的一塊地。

我一直以爲自己是在癡人說夢，也許眞的是「誠」感動天，居然讓我又碰到幾個癡人，他們被我的夢吸引，願意和我一同做夢。

不僅僅是做夢，而且研究夢想實現的可能，我們發現這個夢並不是遙不可及，只要我們付以愛心、耐心、恆心，加上信心，我們的夢不難實現。

這些，我們都有，雖然並不完備，但我們都年輕，年輕的胸膛還可以再加熱，年輕的心還可以再擴大。

從去年五月開始，我們定期在一起聚會，討論工作的方向和目標，以及可能遭遇到的困難，由概念、構想到細節的計畫，就好像建築公司曬藍圖一樣，一次比一次更清楚的浮現出來。

我們了解，任何一件工作要做得好，事先的計畫一定要周詳，準備要充分。所以，九月份起，我們做了一些預備工作，像是收集殘障同胞的資料，我們希望建立一套完整的資料卡，做爲以後職業訓練和就業輔導之依據參考。

其次，我們拜訪了各大殘障福利機構，一方面吸收他們的經驗，一方面學習他們的長處，我們的工作同人甚至遠至中南部參觀訪問，我們把訪問心得都做成記錄。

同時，我們也做了一些市場調查，看看哪一些產品適合我們做，有發展的潛力，有利潤可得。

我們在溪口街四十號租了三十坪一間小小的房子，開始布置我們的小家。這個從來不知柴米油鹽的人居然要處家過日子，方知當家的不容易。

從房屋的粉刷、整修、師資的聘請、桌椅書櫥的購置一直到茶杯抹布垃圾筒，大大小小的事雖然都不必自己做，卻也免不了樣樣操心。

不過操心歸操心，還是歡喜不勝的。看見一間破爛的髒房子給我們布置得煥然一新。大麻繩編的巨大中國結做爲壁飾，靠街的落地窗全部裱上棉紙，再貼上大紅色剪紙，一派喜氣。幾乎每個來參觀的朋友都忍不住喜歡這間有中國味道的小屋子。

我們忙得眞像辦喜事似的。

爲了謝謝上帝一路的帶領和祝福，也爲了謝謝許多朋友的關懷和鼓勵，我們特地舉行了一次感恩禮拜。拓蕪見我一身大粉，忍不住打趣我：

「妳今天跟新嫁娘一樣！」

我笑起來。「你錯了，我是當家的婆婆娶媳婦呀！」

其實，辦喜事不難，難在以後的日子怎麼過得周周全全、細水長流。

我們陸續開了手語班、盲人音樂班、中國結手工藝訓練班，一切的師資、設備、材料的供應全部免費。

加上房租、水電、工作人員的薪水（實在微薄得可憐）、行政上的支出，錢便像流水一樣的花出去，第一次發現原來錢是這麼不經用的。

由於要求報名參加的孩子太多，每一封信都辭懇意切，令人鼻酸難忍。我們不得不考慮再開二個到四個手工藝訓練班。七十二年度的計畫尚有專爲那些不常活動，較少接觸大自然美景的孩子辦的冬令營和夏令營。此外，還有才藝訓練、心理輔導、專題講座、庇護工廠等等，而這一切的工作都需要有足夠的經費來推動。

凡是認識我、了解我的朋友都知道，我一向是個最不在乎錢的人，因爲那時候沒有牽掛，現在卻必須學著精打細算、錙銖必爭。

這一點正是我最大的心理障礙。

記得初病時，同時對寫作及繪畫都有興趣，但自忖以我的精神體力，只能學一樣，如果想學好的話。思量再三，只好捨繪畫而就寫作，最主要的原因，除了寫作比較可以靠自修的方式外，就是稿費賺起來較容易（現在倒頗後悔當時的目光如豆，畫家的一幅畫可以抵過我爬好幾年格子呢！）

從小，我是個極端要強的小孩，生病之後，自覺父母已爲我付出太多，堅持不肯再花他們的錢，有時他們給我五塊、十塊錢零用，也是非到萬不得已不動用。可是我要買書、買文具、買一些零零碎碎的東西，還要籠絡那些專門跟我搗蛋的弟妹，而稿費就是我唯一的財源。

說起來也是很急功近利的。

不過，寫作確實是一種與世無爭的工作，只要管自己文章寫好便是，不需要交際應酬，亦不需要看人的眉高眼低，清風明月，十分愜意。

這樣一個父母面前都不肯低頭的人，如今爲了這些孩子卻逼得非開口不可了。社會局第四科張鬯飛科長教我說：「跟別人募捐要心安理得、心地坦然，我們又不爲自己一分一毫的好處呀！既然是社會工作，就是需要社會支持嘛！」

這些道理我都懂，只是套一句保羅的話，立志「募捐」由得了我，只是行出來由不了我。光是爲我們的小圖書館跟幾位出版社的朋友募書就已經令人冷汗直冒、口齒不清了。朋友們都熱心，滿口應承，然而，放下電話，卻仍不免心驚肉跳、羞愧不安。什麼時候自己竟然變成打家劫舍的綠林人物了？

朋友笑稱：「妳本來就是綠林人物嘛！成日住在山裡。」

看來綠林人物也不是好當的。

事實上，我們每年所能接觸、輔導、訓練的孩子也不過占所有殘障人口的千百分之一，實在微乎其微。

我只是希望藉著我們的呼籲和推動，來帶動整個社會對殘障福利的重視、關懷和參與。也許我是自不量力，但不嘗試就放棄，卻是怎樣也不能甘心。

九月份的《皇冠雜誌》，我曾專爲顏面傷殘的朋友寫了篇〈陽光之後〉，裡面有一張自稱是「最醜陋的男人」陳明里的照片。三毛看了告訴我，在西班牙的郵局也有這樣一位顏面嚴重損毀的人坐在櫃檯窗口賣郵賣，沒有人拿他當怪物看，他自己亦是神色自若，開朗大方，看到熟朋友還要摟抱親熱一番，不減西班牙男子的熱情。

我半開玩笑的對明里說：「明里呀！如果我們的郵政總局有一天也請你去坐櫃檯，我們的工作都可以結束啦！」

眞的，只要政府對殘障者的工作有充分的保障，只要一般社會大眾有足夠的胸襟接納他們，殘障者生活愉快，心理平衡，又何需我們苦苦掙扎著做這份吃力不討好的工作呢？

從始到終，幾乎沒有一個朋友贊成我投入這份工作。我也知道，這是一份艱鉅的挑戰，特別是對一個身患重病、纏綿病榻三十年的人來說。知其不可爲而爲之，若說我一生還有什麼遺憾和痛苦，這便是了。

我也曾仔細分析自己，究竟爲了什麼這樣恓恓惶惶，猶如飛蛾撲火一樣奮不顧身，是爲名嗎？我今日的知名度已經夠高了，犯不著如此「犧牲打」。是爲利嗎？怎麼算計都是一樁血本無歸的生意。那麼，又爲什麼呢？

說來說去，無非是爲一道永遠無法癒合的傷口罷了！

朋友們擔心會影響我的寫作，我自己亦是不捨。多少年來，寫作一直是我心靈上最大的慰藉，或者竟可以說是一種娛樂，每完成一篇稿子都十分開心，也可以說寫的本身就是享受。然而，魚與熊掌，無法得兼，總要犧牲一樣。

其實，文章寫得好的人多的是，文壇上多我一個少我一個無關緊要，而這些孩子卻太需要我了，而殘障福利工作也到了不能不做、非做不可的地步。

我想，姑且就把我自己化成一本書吧！我的工作就是書的內涵，同樣鋪陳在讀者面前，一覽無遺。

我自己擔心的倒是突然之間生活做了一百八十度的轉變，我這個單純的人如何去面對錯綜複雜的社會，以及如何在這個錯綜複雜的社會不致迷失自己。

看來我眞得祈求所羅門王的智慧了。

朋友曾因我的不聽勸阻，惱怒的說：「妳這樣下去，到底能支持多久呢？」

我衝口而出：「鞠躬盡瘁，死而後已吧！」

原來是要安慰她，一句輕描淡寫的話，說出來之後才發現語氣的決絕，倒教自己也吃了一驚。

我無意把自己塑造成悲劇英雄，這和以往我的個性、行事爲人的態度都不符合。

然而，我也確知這是一條無法回頭的路，腳步一踏出去便永遠收不回來了。因爲，每一步腳印裡都有一份責任，一份愛的承諾。

我喜歡這些孩子，喜歡這份工作，我只是有時候有點寂寞，想說一句：「不要讓我一個人孤軍奮戰啊！」

——原載《中國時報》人間副刊

輯二

井邊的聲音

井邊的聲音

《聖經》上說，人的盡頭，神的起頭。

生病之前，家裡沒有宗教信仰，不祭祀、不拜拜，過年時連祖宗牌位也沒有。父親倒是很早就接觸基督教，他的舅父是聖公會的牧師，每逢寒暑假，小小年紀的他，常跟著舅父趕廟會，舅父對眾人講道，他忙著一旁散單張，是舅父的得力小助手。不過成年後，就再也未進過教堂。

母親從小學到中學，念的都是教會學校，每天有早晚課、讀經禱告，師生一律參加。外婆一向不信鬼神，尤其討厭三姑六婆上門，連帶影響母親排斥一切宗教，不論菩薩、天主，她一概嗤之以鼻，敬而遠之。

父母的觀念，做人只要正直善良，不損人利己，不做傷風敗俗的事，對得起自己的良心，就已足夠，有沒有信仰都一樣。即使我重病在身，也從未想到求神拜佛庇祐我，直到那個清晨……。

當時我們住在台北縣土城鄉一個小眷村，眷村很迷你，總共三十戶。地點太偏僻，連自來水都沒有。軍方挖鑿幾口水井，方才解決飲水問題。

交通十分不便，眷村自成一個封閉的社區。眷村的媽媽們等先生上班、孩子上學後，就聚在井邊打水聊天。那幾口井，是村子裡的消息傳播站。母親的個性多少有些孤傲，加以每天有忙不完的家事，實在沒時間也沒心情和人家道長論短。她總是天不亮，趕快打夠一天需用的水，再去忙其他。

那天清晨，她一路提著水桶，心事重重。女兒的病總不見好轉，做父母的心餘力絀，身心交迫，整個家庭似乎臨到絕境，再也無路可走。誰能救她的女兒呢？

母親越想越心煩，越想越難過。突然，有個聲音清清楚楚對她說：「你為什麼不去找主耶穌呢？」

「怎麼找？我到哪裡找主耶穌啊。」

出於本能，甚至帶點負氣，母親回應了一句。說完之後，很自然抬起頭，想看看到底是誰跟她講話。沒想到一個人影都沒有。四下靜寂無聲，月亮尚且清清亮亮掛在天空，全村的人沉睡在夢中。

母親愕然，不像是有人尋她開心，那麼是她的幻覺嗎？可是說話的聲音又是那樣清楚明白，到底是誰呢？

第二天傍晚，她在廚房忙著做晚餐，念小學三年級的侃弟放學回來，興沖沖對她說：「媽，我們學校有人要來傳講耶穌耶！」

母親嚇了一跳，幾乎驚叫出聲。昨天不是才有「人」叫她去找主耶穌，怎麼今天就有「結果」？她立刻打發侃弟再跑一趟：

「你把書包放下，趕快去給我問清楚，是誰來傳講耶穌、什麼時間？」

原來，是中國長老會借用清水國小禮堂，每個星期天開荒佈道，有一位美國籍的道雅伯老牧師講道。道老牧師當時高齡八十有二，他在中國大陸傳了五十餘年福音，講一口河南土腔。

初初開始，母親一點也不明白找耶穌有什麼好處，是能醫好女兒的病，還是對家庭經濟有幫助？她只是走投無路，被那個神祕的聲音吸引，姑且去聽聽。

就在那次聚會裡，道老牧師講到〈約翰福音〉第九章第一節到第三節。

耶穌過去的時候，看見一個人生來是瞎眼的。門徒問耶穌說，拉比，這人生來是瞎眼的，是誰犯了罪，是這人呢？是他父母呢？

耶穌說，也不是這人犯了罪，也不是他父母犯了罪，是要在他身上顯出上帝的作爲來。

母親大爲驚訝。猶太人和中國人都有類似的傳統觀念，身體的障礙往往以爲是做了什麼虧心、見不得人的事，或是祖上缺德，老天報應。儘管父母自認家世清白，也不信這一套，但外人的議論，多少造成心理上的困擾和壓力。

道老牧師的講道，打動母親的心，豁然領悟，莫非上帝也要在她這個重病的女兒身上，彰顯什麼作爲嗎？如果眞有上帝，何不把女兒交託給祂？那一瞬間，她明白救恩的道理，放下心中的千鈞重擔。此後每個星期天，母親都帶著弟弟妹妹一起去聚會，並且把福音帶回家裡。半年後，母親、我和三個弟妹決志信主，接受洗禮。

他們先在學校受洗，我因癱瘓在床，不能動彈，道老牧師親自到家中爲我施洗。道老牧師身材高大，一頭蒼蒼白髮，襯著紅潤的臉頰，威儀中帶著慈祥。可惜他的河南國語，我似懂非懂，反正他問什麼，我都答「是」、「願意」。接著，他把聖水灑在我頭上，按手禱告，我正式歸入上帝的門下。

這一天，一九五七年十月六日，我生命中極關鍵的一日。

幸好不是白蓮教

受洗之前，我曾擁有過一本小《聖經》。

住院第二年，有天午後，病房中來了位穿中山裝的中年男士。我不知他的姓名，也忘了他的長相，只記得他提著一個很大的公事包。他在每張病床前，放一張寫滿字的小單張，最後，他從皮包取出一本黑色封面的小書，問大家：「有沒有人需要《聖經》？」

《聖經》是什麼怪書？從未聽說。不過，病中無聊的我，嗜書如狂，既然是書，理所當然要來一本。這是一本裝訂精緻的小書，大約四十開本，黑色硬殼封面，上面兩個燙金字「新約」。老實說，我看了半天，也看不懂裡面說些什麼，只模糊記得，有個木匠的兒子叫耶穌。

即使成為基督徒，初初開始，這本小書我仍然看得一頭霧水，乏味得很。什麼是十字架的救贖、什麼是寶血、什麼又是三位一體？我一概不懂。就這麼糊里糊塗信祂，實在可笑。

我想，當時的我，有如溺水即將滅頂的人，拚命掙扎，急切地想要抓住一根浮木。我常玩笑地說，幸虧當時傳的是基督教，如果有人跟我傳白蓮教，大概我也會相信。

這期間，發生一件至今讓我百思莫解的事。記得用牛尿浸泡的那段日子，爲把身上的怪味去除乾淨，無意中發現胸口靠近心臟部位，有一個白色十字印記，小小的，約有一公分。顏色比膚色略淺，微微突出，很像手術後癒合的疤痕。

以前從未見過，訝異之餘，我問母親。母親推測，會不會是幼時差點被當成「烤乳豬」那回，土法煉鋼的鄉下郎中救我時，留下的傷口。但她記憶中那兩道刀口是平行的，怎麼會交叉成十字形？怪異的是，那兩道平行的傷疤，我也找到。隨著身體成長，位置挪至心臟下方。這又如何解釋？

我記憶力不佳，隨後即忘此事。信主後，有一天心血來潮，想起胸口的十字，仔細檢查結果，除去原有那兩道平行的傷口外，肌膚一片光滑，那個十字跑到哪裡去了呢？

它什麼時候出現，什麼時候消失，我完全不知。那麼，這個小小的十字標記，代表什麼含義？是神特意給我的十字架嗎？祂要怎樣帶領我這個弱小卑微的孩子？《聖經》上說，神愛世人，甚至將祂的獨生子賜給我們，叫一切信祂的，不致滅亡，反得永生。上帝既然愛我，爲什麼要我遭受如此大的苦難？我連今生都快過不下去，永生對我有什麼意義？

教會的媽媽們告訴我，要多禱告。禱告很簡單，就好像兒女對父親說話一樣。問題是，肉身的父親我看得見、摸得著，天上的父親，無蹤無影，難不成要我對著空氣喃喃自語？教會的媽媽們又說，只要相信祂，你就能感受到祂的同在。這樣的說法實在很玄，我就是感受不到祂的同在，才沒法相信祂的啊！我想很多初次接觸基督教的朋友都有相同的疑惑。

《聖經》看不懂，又不方便去教會，無人爲我解經。母親也是初信，還在摸索中。我只有把這些疑惑藏在心裡。

住在土城清水坑的日子，病得最慘。我經常開自己玩笑，把病當作漁業氣象，分成五個等級。小痛，中痛，大痛，巨痛，狂痛。久而久之，朋友也會玩笑地問我：

「今天是幾級痛啊？」

事實上，你很難形容類風濕的痛是怎樣的痛法。有時是痠痛，一直瘦到骨子裡；

有時是痲痲鈍鈍的；有時彷彿一把火在裡頭悶燒；有時是脹痛，肌骨彷彿都要迸裂。動時固然痛，如果怕痛不動，又會變成僵痛，總之，「動輒得咎」。

如果關節變形，不小心壓到神經，稍一牽動，就好像誰用刀片「刷」一聲劃過去，痛得你當場跳起來。大部分的時間，你根本分不清楚是什麼痛。痛到極處，你所有的思想、意念全被痛抓著，除了痛，你感受不到任何事物。

有一年，右邊的坐骨關節發炎。這個關節正好位於中樞地帶，牽一髮動全身，坐臥兩難。從我的床鋪挪到床邊的馬桶，短短不到一尺距離，可以花去半個小時。

那天，母親正好在旁，看我挪動得辛苦，不停找我講話。我忍不住央求她：「媽，你不要跟我講話，我一分神，就沒力氣挪過去了。」

「我就是想用話把你的注意力岔開，你才不會想到痛。」

母親的想法很天眞。她不知道，那是我和痛之間意志力的大對決。我的坐骨關節不斷傳達強烈的訊息，「我很痛，我非常痛，我沒辦法挪動，我不想動……」而我，必須全神貫注，強迫它非動不可，因爲我要解手。在這一場拔河裡，一刻也不能鬆懈，否則前功盡棄。好不容易挪到馬桶上，往往了無尿意，因爲已經痛到汗水與尿水齊流。

病了整整五十年，除去中間少數幾年，我從未有一夜睡到天亮的福氣，一個晚上痛醒個三、四十次是家常便飯。實在痛得厲害，我寧可坐著，至少壓迫的關節比較少。

睡不著覺的夜晚，我靜坐黑暗中，聽著家人香甜的鼾聲此起彼落。眾人皆睡我獨醒，孤寂感油然而生，你彷彿被整個世界遺棄。夜如此漫漫無盡期，眼淚不由自主潸然而下。

就是這樣一個夜晚，我又在那裡自憐自傷，突然，我感覺到有一個「人」就坐在我身邊。雖然看不見他，但我能感受他的存在，連他的呼吸、體溫似乎都能感受到。甚至有一度，我很想用手去觸摸他，終究是不敢。

這是上帝嗎？是祂陪同你一起受苦、一起流淚嗎？原來，你並不孤單，你的苦楚、你的憂傷、你的惶然無助，祂全知道；原來，信仰是這樣單純的一件事。

表面上看起來，信了耶穌，好像並無什麼改變，病仍持續病著，家中經濟照樣困窘如故。奇妙的是心境的改變。

心情轉換

這一次面對面地「接觸」，使我對上帝的存在確信不疑。突然之間，好似靈魂開竅，《聖經》不僅讀得下去，尚且讀得興趣盎然。

作為基督徒，最重要的功課就是順服和交託。既然相信祂是你的主，相信祂愛你，你就該相信任何加諸你身上的事，無論好壞，都有祂的美意在。事實上，苦難並非全由上帝所賜，乃是來自撒旦的攻擊。但神允許苦難降臨在我們身上，為要試煉我們。正如《聖經》上所言，爐為煉金，鼎為煉銀，唯有耶和華熬煉人心。

上帝允許苦難臨到約伯，為的是考驗他的信心；上帝允許一根「刺」留在保羅身上，為的使他免於自高自大。上帝為什麼要我生這場病呢？我不知道，但我願意接受祂的挑戰。

我很好奇，神要怎樣在我的軟弱上，彰顯祂的大能？

原本，我像鑽在牛角尖裡，路越走越窄越黑暗。上帝把我調轉一百八十度，結果，越走越寬廣越光明。生命撥雲見日，豁然開朗。我不再擔憂病什麼時候會好，也不用爲明日發愁。每日藉著讀經、禱告、唱詩，把心裡不足爲外人道的苦楚和眼淚，全像倒垃圾似地倒給神，再從祂那裡支取信心和勇氣，面對每一天。

懂得順服，就懂得交託；懂得交託，喜樂之心油然而生，事情就這麼簡單。

記得家住台北光復南路時，我的房間有一面窗，卻爲後屋及鄰牆所擋，只能看見一隙天空。因爲日照不夠，陰暗潮濕，大白天都得開燈。我在那裡一住十七年。

有位教會伯伯來看我，訝異地說：「你好像井底的一隻小青蛙，只看見手掌大的一片天，怎麼還快樂得起來？」

正好儷妹就在一旁，快嘴快舌代我回答：「因爲上帝就在這一小片天裡。」

我想，即使有一天，我連這片天也看不到，上帝仍在我的心中。

上帝也像一面鏡子映照我，讓我看到以往的自己是如何驕奢任性，我急躁的壞脾氣以及唯我獨尊的霸道。上帝逐漸「修剪」我，讓我越來越成爲祂喜悅的樣子。

母親曾在《北極第一家》序文裡這樣形容我：「我家老二，從出生到十二歲以前，她折騰人、捉弄人，逃學、和男生打架，花樣多得不勝枚舉。」信主以後呢？母親的說法是：「我家老二的特長變了，變成能忍、會讓，她不但能忍受身體的疼痛，也能原諒別人對她的欺騙、侮辱、虧欠、惡言傷害。」

事實上，我也不可能一夜之間從小霸王變成天使。即使到今天，我仍在學功課，大錯小錯不斷一犯再犯。別人看我謙和有禮，只有我自己知道，內在的我，仍充滿不馴和高傲。我常想，上帝一直沒接我去，大概是要我留在地上繼續學功課吧！！

當一個人肯面對苦難、坦然接受，苦難就不再是難以承受的重擔。固然，我不能改變生病這個事實，但心理上已經超越，越來越遊刃有餘，從容自在。

中國人說「盡人事，聽天命」。為我的病，父母想盡方法，醫生也盡心盡力醫治，而我自己全心全力配合一切療程，既然大家都已盡心，病還不好，便是天意如此。天意既不可違，只有順服。我以最簡單的邏輯將自己從困厄中解脫，不再受病綑綁。

只要關節疼痛不超過巨痛，大致不會影響我的日常作息。我已自病抽離，病是病，我是我，兩不相涉，這也是為什麼重病在身，仍能做許多事的原因。同樣的，父母也終於認清類風濕截至目前仍無藥可醫的事實，不再帶著我東征西討，尋醫訪藥。彼此都鬆一口氣，放下心中的石頭。

好在類風濕雖然一時好不了，卻也一時死不了，至少心理上沒有什麼陰影，不像某些罹患癌症的朋友，彷彿懷抱一顆不定時炸彈似的戒慎戒懼。

我也常對類風濕病友說：「沒有退步，便是進步；沒有大痛，就是不痛。」已經如此，還能怎樣，我們是壓不扁的玫瑰、打不死的蟑螂。

父母原是樂觀開朗的人，女兒不再終日啼哭，開始有了笑顏，他們轉憂爲喜，家中陰霾一掃而空。以前弟妹們在我面前都不敢亂說話，唯恐一個不小心觸及我的淚閘，一發不可收拾。如今百無禁忌，不時尋我開心。

「姊啊！你死後把骨頭留給我們好不好？我們可以磨成粉，做成藥丸子，專治疑難雜症。」

甚至，我也越來越喜歡拿自己開心。我戲稱自己是「金玉其外，敗骨其中」，全身都是破銅爛鐵，唯獨腦袋瓜是純金打造（老媽可是不以爲然，她認爲八成是鍍金的）。

一九八六年一場大病，差點蒙主恩召，體重不到四十公斤。轉危爲安後，我懊惱地說：「糟糕，這下皺紋全跑出來了。」

母親氣得罵我：「好不容易撿回一條命，還管什麼皺紋不皺紋！」

我大笑：「媽媽呀，就是命撿回來，才要管皺紋啊！」

我也常喜歡開醫生玩笑，要他們頒我一個「醫學貢獻獎」，要不是我這種疑難雜症，醫學怎麼可能進步這麼快呢！要不，頒我一個「傑出病人獎」也可以，一病五十年也不累，自己想想，挺偉大的。

生病久了，竟然病出「附加價值」。我似乎成爲別人的「止痛劑」、「安慰劑」。經常聽到有人對我說：「我一想到你的病，我這點小毛病算什麼！」

和疾病奮戰的經歷、對生命不屈的意志，都成了許多殘障朋友（包括身體健康、心理殘障的朋友）的「最佳教材」，眞是始料未及，彷彿病得越久，價值越高。看來，爲了幫助別人，我還是不要輕易跟大家說再見吧！

上帝死了嗎？

原先在景美溪口街上班，從我住的社區坐車過去大約二十多分鐘路程。伊甸搬到台北東區後，路途遙遠，每天往返車程就要兩個小時，加以我在外解手不便，無法停留過久，唯一解決之道，就是我搬到伊甸附近居住。

我們的老眷舍就在光復南路，搬到新店山居後，房子租給別人。父親和房客簽了三年契約，一時收不回來。沒想到過完新年不久，舊居的房客連續兩個月交不出房租，要求退屋。眞是上帝恩典，不費吹灰之力，房子就收回來了。

後來我才發現，走出舊居的巷口，越過八德路，從對面的巷子進去，拐個彎正好面對伊甸後門的電梯口，輪椅推過去不到五分鐘。

活到四十歲，這是我第一次離開父母，獨自到外居住。母親好似辦嫁妝一樣，大肆採購各式家電用品、鍋碗瓢盆……那陣子，社區的媽媽們紛紛打探：「你眞的放心她一個人搬到台北去住嗎？」

其實她們不知道，在母親嚴格的調教下，五個小孩從小都被她訓練得很獨立，包括我這個病人在內。我自己能做的事，決不假手他人。甚至早期行動方便時，偶爾母親外出，還會煮飯給弟弟妹妹吃。因此，母親很信任我的理家能力；我自己暗自慶幸，可以脫離母親的「管區」，樂得逍遙自在。

當時的身體，除洗臉、洗澡需人幫忙，其他尚可自理，就聘請一位教會姊妹照顧我，兼帶料理三餐。此時旅居美國的儷妹臨盆在即，母親將我安頓好，赴美看顧儷妹生產，順便到大姊和儼弟家遊玩一番。至於父親，母親把他丟給我照顧。

父親越老越像小孩，母親一走，他好像失去依靠似的，整天跟我鬧情緒。偏偏請來幫忙的那位姊妹，也是情緒化的人，一老一小沒事就吵架，我怎麼勸都沒用。

終於有一天，兩人大吵一架後，女孩負氣離開。我當場傻眼，她走不打緊，家裡一大堆事怎麼辦？父親也慌了，別的他可以幫忙，洗澡可沒辦法。再說臨時到哪裡找人？我記得很清楚，那是三月底的一個禮拜六，復活節前夕。

第二天一大清早，屏東的侃弟得到消息，在電話裡焦急地說：「要不要恩美上來幫忙幾天？」

「不要！」

恩美是我的弟媳婦，自己上班不說，家裡還有三個小蘿蔔頭。她來照顧我，她一家大小怎麼辦？弟弟接著說：「那我打長途電話請媽媽回來！」

「你敢！媽媽好不容易放下家務，到美國輕鬆一下，不准你叫她回來！」

「那你怎麼辦？」

怎麼辦？我開始冒火。伊甸正在緊鑼密鼓，預備四月十六日新會址開幕，加以五個職訓班開班典禮，忙得我一個頭兩個大，家裡又頻出狀況。難道我不是給上帝做工嗎？祂竟然掩目不顧？我狠狠地問侃弟：

「你知道今天是什麼日子？」

「復活節啊！」

「好吧，我倒要看看耶穌到底是死了還是復活了？如果祂死了，我看我也沒什麼指望，乾脆一頭撞死算了。如果祂已經復活，那我幹麼還要操心！」

我確實有種豁出去的心理，看神怎麼辦吧！很奇妙地，就在當天下午，有位多年不見的朋友突然打電話給我：「聽說你要找管家是不是？我這裡有兩個人選！」

天哪！不是一個，居然是兩個任我選擇，上帝不單是信實的，還挺幽默嘛！

自立門戶，固然可以一個人當家做主，卻也產生嚴重的後遺症。從老爸家搬出，失掉老爸的庇蔭，不再具備榮眷身分。偏偏在伊甸，我的職位是董事長，屬於雇主，不具備勞工資格，得不到任何保險。

此事非同小可，想我這種陳年老疾，吃藥當吃補，三餐不可或缺，如果沒有保險，單是看病拿藥，就非我能力所能負擔，始料非及。

最後，還是蔡文甫先生拔刀相助，他知道我的困境，二話不說，立刻在他的九歌出版社補一個特約編輯缺給我，從此才有勞保的資格，蔡先生可說是我的「救命恩人」。

自己織帳篷

我決定接下總幹事職務，獨自搬到台北時，我又跟神要求另一個印證。「祢要我下山，祢就要負責我的生活！」

我不願拿伊甸的薪水。伊甸由我創辦，再領薪水，不會給人有圖利自己的嫌疑嗎？

董事們擔心我的生活，故作抗議說：「你這樣的示範，叫以後的人怎麼接你的位子？」

「這是我跟上帝之間訂的契約。」我半開玩笑地說：「我自己會織帳篷。再說，不拿錢的好處是，罵起人來嗓門比較大！」

保羅當年傳福音，不像其他傳道人靠教會奉養。保羅自己會織帳篷，傳道之餘，就靠這點手藝養活自己，我也願意學習保羅一樣。

我想，與其說我在挑戰神，不如說是在挑戰自己的信心。以前和父母同住，吃喝不愁，頂多過年過節送父母一點禮物，以謝「白吃白喝」之恩。

如今開門七件事樣樣要錢，還要請管家，負擔不能說不重，以我要強的個性，絕不可能向父母或是兄弟姊妹伸手。同時忙於伊甸工作，勢必減少很多寫作時間，這也表示稿費與版稅的收入相對遞減。

如果說我完全不擔心，那是騙人的話。作為基督徒的好處，就是你可以隨時把難處交給上帝。禱告中，上帝給了我另一句話：

> 你當剛強壯膽，不要懼怕，也不要驚慌，因為你無論往哪裡去，你的神耶和華都必與你同在。

這是《聖經．出埃及記》的一段經文。摩西被主接去後，上帝揀選約書亞接替摩西的位置，帶領以色列人準備過約旦河，進入迦南美地。

約書亞自認沒有摩西的領導能力與魄力，擔不起那樣重的擔子，迦南地尚有無數頑強的敵人等著他去征服，心寒膽顫之餘，只有苦苦向神哀求。耶和華給了他這句話，大大安慰他惶恐的心。同樣地，神也用這句話，給了我信心和跨出去的勇氣。

光復南路的房租是母親平日的家用，不能因我住之後，讓父母有斷炊之虞。因此母親的這一份，照樣付給母親。

每到月底，我把管家的薪資和下月的家用一併交給管家，由她全權處理，我就不再過問。我一個月大約需要三萬元才夠開銷，說也幸運，那幾年雖然寫得不多，書都還銷得不錯，每月總會進來一些版稅，不多不少，三萬元出頭，剛好夠用。

習慣成自然，我很少爲錢操心，大概上帝怕我信心鬆懈，有意考驗我一下。通常我都是每月二十號左右收到版稅，有一年六月，到二十五號還未見版稅的影子，我有點沉不住氣，生平第一次打電話到出版社問。幾家出版社都表示存書尚多，暫時不會再版。

我暗叫糟糕，存摺上只剩下一萬元，下個月的日子要如何打發？我跟伊甸的同工商量，倘若月底之前還沒有收入的話，可否爲我週轉兩萬元，他們說沒問題。

三十日是星期六，下午不上班。因晚上有一個教會的講道，需要在家準備講題，同工就在二十九日我下班前把錢交給我。萬萬沒有料到，中午十二點半，郵差按鈴，送來一封掛號信，拆開一看，是香港一家出版社寄來的版稅。

這家出版社多年前曾爲我出版過一本見證小冊，因屬奉獻性質，從未指望他們會給我版稅。誰知就在這個節骨眼上，救兵自天而降，不多不少，正好彌補所差。

拿著支票，哭笑不得，當即打個電話給母親，懊惱又好笑地說：「眞丟臉，連半天的信心都沒有！」

原來，上帝是信實可靠的，並不只是《聖經》的句子，而是生命中活生生的經歷。我自己是如此，伊甸也同樣一路走過來。

禱告！禱告！禱告

伊甸一大特色是事事禱告、時時禱告。

開始設計光復北路地下室時，有一間面向天井的小房間，安靜、敞亮，是所有辦公室視野最好、空氣最流通的一間。好幾個部門爭著想要，我告訴他們，最好的房間應該獻給神，作爲禱告室。此言一出，紛爭立即平息。

把上帝擺第一位，是我對自己，也是對同工的要求。同時我也讓同工明白，在行政管理上，固然是我最大，在屬靈教導上，牧師最大。

巫士椀是伊甸第一位按牧的牧師。熱情洋溢、開朗幽默，加上一副好歌喉，走到哪裡，哪裡就歌聲笑聲一片。或許因爲姊姊也是小兒痲痹患者，他對殘友體貼入微、任勞任怨，受到所有殘友的愛戴與尊重。士椀也是我的屬靈同伴。作爲機構的最高主管，當我心中有難處或是工作遇到瓶頸，通常會找士椀分享，一起禱告。

我做主管的十年中，伊甸的禱告風氣極盛。有位同工的小舅子，也是伊甸教會的會友。年少時誤交損友，染上吸毒習慣。幾次戒毒都意志不堅，屢戒不斷，士椀決定幫助他戒毒。

我們把禱告室當他的戒毒所，用鐵鍊把他拴在鐵櫃上，防他毒癮發作時逃走。爲協助他度過難關，士椀特地搬到禱告室與他同住。會裡同工輪番陪他，爲他打氣，陪他一同讀經、禱告，一同唱詩歌，堅固他的信心。整整兩個星期，靠著信仰的力量，眾人的代禱代求，總算讓他脫離毒癮的魔掌。

擔任伊甸總幹事的林錦川，也是在伊甸信主，他的信主過程十分曲折有趣。錦川原是伊甸的義工，有感於伊甸的服務理念，大學畢業就加入伊甸行列。

有一回，他母親找人爲他算命，說他命中有一大劫難，唯一化解的方法是一個月不得見天光，弄得母子惶惶不安。問題是，錦川還要上班。後來大家幫他想法子，乾脆晚上住在伊甸，好在伊甸有個專門給工友值夜的小房間，勉強可以擠一擠。

信主的同工一見機不可失，立刻組成密集的禱告網，牧師也不忘每天給他上一堂聖經課。不知是聖靈感動，還是受不了同工愛的轟炸，不到一個月，他就歸順在上帝的門下。

伊甸雖是基督教機構，但任用員工沒有信仰的限制，基督徒與非基督徒一視同仁，但傳福音是我們基本的信念。因此，伊甸不但有公禱、私禱，各部門還有查經禱告小組。上班前、下班後，不時看到三五同工聚在一起禱告。會裡發生什麼重要事情，大家禱告的心就更加殷切。

有人的地方就有問題，基督徒也不例外。同工與同工之間、董事與董事之間，免不了有大大小小的紛爭，爭執得面紅耳赤，相持不下。每每這種時候，我就說：

「來，我們一起禱告！」

我有一個法寶，就是誰吵得最兇、最不講理，或是自認最受委屈，我就抓他開口禱告。只要他（她）一開口說：「主啊……」眼淚往往就不由自主流下來，漫天風雲霎時無影無蹤。再大的委屈，有神來安慰；再頑梗的心，來到上帝面前，也不得不低頭。

這個法寶，百試百靈。

有記者朋友訪問我，要我談談管理伊甸的心得。想我一介小女子，手無縛雞之力，既無專業，又無經驗，要管理一個上百人的機構，唯一的祕訣就是：

禱告！禱告！禱告！

危機處理

基本上，伊甸的財務狀況並不穩定，眞是憑信心過日子。我工作的那十年中，經常發生一個有趣的現象，遇有大的項目支出，那個月的捐獻也會特別多，剛好收支平衡。

不過，無憂無慮的日子過久了，同工們認爲這一切都是理所當然，仰望信靠上帝的心也逐漸冷淡。好在神不時用各種方法提醒我們。

一九八五年八月，伊甸第一次發生財務危機，當月的經費短缺三十萬，所有員工只能領半薪。最倒楣的是剛進伊甸的喜樂四重唱，當時他們每月薪水四千元，不幸第一個月就少了一半。我詢問「喜樂」四位，要不要回去從事按摩工作。當時視障朋友按摩工作的收入普遍不錯，總也有個三、四萬元。沒想到四人異口同聲說，他們相信是上帝的帶領，要他們以音樂作見證。

我意外發現，這段青黃不接的時間也是同工最團結、最合心的時候。以前會有些大大小小的紛爭和摩擦，此時共體時艱，再也沒有誰計較什麼。以前大夥晨更時，有人愛來不來，散散漫漫；這會兒，每個人都變得十分敬虔，許多人流淚向上帝悔改認罪，在工作上或同事間，虧欠了誰也虧欠了伊甸。

接下去三個月，每個月收支剛夠平衡，因此那三十萬就像一個破洞，無法塡補起來。十一月底某一個晚上，有位教會朋友打電話給我，說有香港來的朋友想看我。白天忙累一天，通常晚上我只想安靜一個人，不太想見客人。但那位香港朋友在台停留的時間有限，只有勉爲其難答應。

對方是一位資深護士，也是位愛主姊妹。我不記得當時的談話內容，只記得臨走時，她取出一張準備好的支票，輕輕說：

「給伊甸一點小小的奉獻！」

我瞄了一眼，一個三，後面接連幾個零，我想大概是三萬元吧！客人走後，我仔細數了數，赫然發現是三十萬，不多不少，剛好補平這個洞。

同樣的財務危機，幾年後又發生一次。一九八八年，台灣社會發生一連串災變，加上經濟不景氣，伊甸也面臨發不出薪水的窘況，每人大約只能領到三分之一。這時伊甸員工將近一百人，許多已結婚生子，有家累、開銷不小，自然影響到他們生活。

伊甸人事室和財務部共同擬就一份問卷調查，除說明伊甸的財務狀況，同時在表格上區分全薪、三分之二薪、半薪、三分之一薪、暫時不領等項，請同工按需要塡寫。我記得很清楚，有七位同工因剛生寶寶或有房貸，塡的是全薪，另有八位可以暫時不支薪。還有幾位寫著：「只要給我一、兩千元，夠我坐車就可以。」

幾乎每位同工都在問卷上加幾句感言，例如：「雖然薪水不多，但我們還是會很努力。」「加油！我們一起度過難關！」「我愛伊甸，即使沒錢，我也不會走的。」每位董事和主管看到這些問卷，都禁不住感動地流淚。

對基督徒而言，貧窮、困苦、打擊、磨難都不會是徒然。神讓伊甸看到，每次財務危機，其實都是同工一次靈裡的大復興、信心的再度被挑旺，重新回到起初的愛心，當年創辦伊甸的使命！

無言的禱告

最深沉的禱告，是無言的禱告。

當我爲痛苦壓傷，無力自拔的時候；當我灰心失望，對生活感到乏味的時候；當我心力交瘁，再也沒有力量與疾病奮鬥的時候；當我淚已竭、聲已哽，再也無法開口禱告的時候；我就靜靜來到上帝的面前，如同一個受盡委屈的孩子撲伏在母親懷裡，我不必開口，不必訴說，我知道，祂一切都已了解、都已明白。我只需要將自己完全交給祂，讓祂用那雙有力的臂膀緊緊摟住我，在祂裡面享受著完全的恬靜與安息。

有一首歌安慰了無數黑夜哭泣的靈魂：

長日孤單夜漫漫，失望悲觀，
虛空的心靈，渴想慰安，
忽然傳來一微聲，慈祥對我說：

生命是一首歌

我與你同在，從今到永遠，
不用懼怕。
我永不再寂寞孤單，永不孤單，
因我開心門，迎接主進來，
故我就擦乾眼淚，忘卻那懼怕悲哀，
永不孤單……

抬癱子上房

不知是不是因爲身體不好的緣故，影響牙齒的生長，儘管從小不吃零嘴，更討厭甜食，但牙齒還是一顆一顆的壞。到如今，髮未白，視未茫，齒已先如秋風落葉。這兩年，看牙成了我的重要課題。

由於上下顎的關節病變，嘴巴張開的幅度有限，醫生看診，備加辛苦，好在我的牙醫個個愛心超強，整個治療過程中，很少有讓我不適的地方。

我說「個個」，是因爲給我看病的牙醫不止一位。他們各有專精，有的負責根管治療，有的則擅長補牙或植牙，合成一個醫療團隊。

這群醫生除了全是牙科出身外，最大的特徵都是基督徒，也絕大部分是台灣土生土長的中生代。共同的信仰、專業和成長背景形成一道牢不可破的凝聚力。

原先，他們都有自己的診所，行有餘力之際，想要爲中國大陸以及東南亞的華人貢獻一點心力，因此組織起來。初期經過一段時間訓練，過著類似「公社」的團體生活，培養默契，也鍛鍊心志，因爲他們將要去的地方生活條件遠不如台灣，環境也複雜許多，這些都必須先有心理準備。

目前，先頭部隊已在汕頭、昆明成立了兩家醫院，緬甸和泰北地區也正在籌設中。他們主要的工作是義務訓練當地的醫生、齒模技工，改善當地的醫療品質，所有的設備和經費全靠台灣支援。

給我印象最深的是醫生與醫生之間的互動，彼此的信任與尊重，共同爲一個目標同心合意、出錢出力、一起奮鬥和努力的精神令人動容。

早期，許多歐美的醫生和宣教士來到中國辦醫院、孤兒院、傳福音，如今我們的基督徒也開始走出去，同樣以基督博愛救人的心懷，奉獻他們的生命，服務耶穌口中「最弱小的弟兄」。

俗話說，團結就是力量，這股力量可以實現許多夢想，成就一番事業。

在坊間琳瑯滿目的出版物中，《講義雜誌》是一本相當具有水準的刊物。最早買講義是爲報上的廣告詞吸引，優美的像一篇溫馨小品。原來，這本刊物是由五個曾經一起念過建中的好同學創辦的。

這五個人從事的行業各不相同，從藝術家、律師、電腦設計師、醫生到美國華爾街的金融奇才。他們散居世界各地，各在自己的工作領域上出類拔萃，具有相當成就。

畢業二十年後，爲慶祝高一班級導師壽辰，他們在台北重逢相聚。促膝夜談，懷想少年時光，當年的理想、夢與熱情。而今他們功成名就，人生幸福美滿，除了感念老師教誨「積極奮發，務本踏實」的人生態度，也爲身體內所流的那分堅忍無畏的中國人的血液驕傲，因此他們決定辦一份刊物，希望把這樣的理念和精神發揚光大。

他們以老師家鄉私塾的名稱「講義堂」做爲出版公司以及雜誌的名稱。十四年來，這分刊物越辦越好，無數的讀者獲得思想與心靈上的啓迪和淨化，影響不可謂不深遠。

創業時，大夥同心協力、任勞任怨不難，可是等到成功了，賺錢了，彼此間就可能因爲權力的爭奪、利益的分配而生嫌隙紛爭，甚至反目成仇，這樣的例子在當今社會比比皆是。難能可貴的是這五個人一路走來，始終如一，恐怕這也是《講義雜誌》成功之外的另一種成功吧！

無獨有偶，又是一群建中學生合夥創業，不過這回開的是餐廳。

根據中時記者鄭如意的訪問報導，三年前，六位建中三十八屆三年一班的同學聚會聊天，閒談中，有人突發奇想，提出合開一家泰式餐廳的構想，立即獲得一致贊同。

這其中只有一人有經驗，其他全是外行。沒關係，他們各有專長，包括會計師、律師、媒體工作者、企管人才等等，於是，從廚務、市場調查、財務管理、法律契約到行銷全部自己人包了。

六個死黨十分懷念他們以前的班級，就把合組的公司命名爲「三年一班」，店名「泰平天國」，戲稱自己是「六大天王」。

草創時期，資金不多，只能小本經營，請不起太多人手，這六位全部是老闆兼跑堂，只要一下班或放假日，就到餐廳幫忙，端菜、洗碗、打雜樣樣都來。

俗話說「二人同心，其利斷金」，何況是六個人。隨著業務的發展，又有二十一位三年一班的同學有意加入，正好他們打算拓展版圖，既然有生力軍，順理成章的又開了兩家分店。

雖然高中畢業已有十五年，但時光並未沖淡他們之間的感情，年年相聚，暢談往事，如今有了自己的店，彷彿是他們另一個家，沒事就到那裡坐坐，享受一下家的溫暖。

他們自己也承認，開餐廳的目的不在賺錢，而在實現同學共同編織的理想，紀念他們那分越久越醇越香的情誼。所以，你可以在「泰平天國」內處處看到當年建中三年一班的影子，從裝潢的色調到菜單的設計，以及股東們所穿的建中制服，制服上繡的學號，有趣的是現在的學號比以前多加了兩碼，那是股東的號碼。

這簡直有點像小孩子辦「家家酒」，他們玩得興高采烈，旁人也看得興致昂然，只不知到他們店裡進餐時，是否也能吃出一點「童年」的味道？

很遺憾，我沒有機會擁有能夠陪我一起長大的好同學，一起度過尷尬青澀卻也神采飛揚的青春歲月，但我擁有一群「革命同志」，我們一起爲殘障福利打拚，創造了許多奇蹟，這恐怕也是一般人難得的經歷。

伊甸創辦之初，只有七位董事。這七人背景各異，又多爲初識，套句成語，還眞是「烏合之眾」，不過每個人都很清楚這是爲社會公益，無個人之私，因而彼此都能坦誠相對。

伊甸從一開始組織的架構，制度的建立，的確花了董事不少的心力，而我們能夠發展的如此快速，成效斐然，全拜這群「烏合之眾」捐棄己見培養出來的默契。

再之後，爲了爭取身心障礙者的權益和福利，伊甸結合了國內七十餘個殘障團體四處請願、呼籲，甚至不惜走上街頭。

目標一致，理念相同，再加以同是弱勢者，格外顯得同仇敵愾，政府的社福政策之如此快速修正和開放，正是這股「眾志成城」的力量。前立委李勝峰先生在草擬「國會遊說法」時，曾公開表揚說：

「中華民國有史以來，規模最大、最團結、成效最大的遊說團體就是殘障聯盟！」啊，那眞是一段風起雲湧、轟轟烈烈的革命歲月啊！

直到現在，儘管長江後浪推前浪，大部分的社福機構已由年輕人接棒，我們這些老革命同志時不時相聚一堂，「白頭宮女話當年」，仍不免有一番「引刀成一快，不負少年頭」的豪情壯志。

《聖經》上有段話很有意思，「兩個人總比一個人好，因爲二人勞碌同得美好的果效，若是跌倒，這人可以扶起他的同伴，若是孤單跌倒，沒有別人扶起他來，這人就有禍了。」「有人攻勝孤身一人，若有兩人便能敵擋他，三股合成的繩子，不容易折斷。」講的都是朋友和夥伴在我們生命裡的重要性。

的確，沒有人不需要朋友。有時，某些事情或許可以單打獨鬥，一個人完成；然而，更多時候，我們需要和別人一起搭配，特別是在今天的社會，講究的是團隊精神。

擔任伊甸的主管十年，我經常喜歡跟工作同仁講一個故事。

耶穌在迦百農講道的時候，有四個人抬了一個癱子要請耶穌醫治，無奈門前擠滿了群眾，他們根本無法近前，就想了一個法子，爬上房，把屋頂拆了，然後把癱子連同他躺臥的褥子一起縋下去，耶穌看見他們的信心，就醫好了癱子。

《聖經》上沒有提到這四個人的名字，想必他們和癱子一定是好朋友，想必他們非常非常愛這個癱子，渴望他早點痊癒，所以才會「不擇手段」的要把癱子帶到耶穌面前。

以往，耶穌治病往往只針對某個個人，而這一次卻是因為「他們」這一群人，可見耶穌不僅被他們的信心感動，也為他們之間那份愛和友誼感動。

整個故事在《聖經》上不過只佔據了少數幾行字，可是卻透露出非常重要的訊息。那就是愛心還要加上行動，更重要的是團隊精神。

想想看，四個人，四個個性，四個生長背景，四個不同人生價值觀，卻為一個目的捐棄己見，合作無間。特別是在抬一個癱子爬上屋頂這種高難度的行動中，四個人目標一致，方向一致，快慢相同，力量均衡，沒有絕對的默契是絕對無法達成的。

這其間包含愛、友誼、體恤、信心、勇氣、智慧、團結。最後，他們「創造」了一個奇蹟。

輯三
永恆的價值

生命是一首歌

——《生之歌》一九七七年初版序

生命是一首歌，詠出諸天的奧祕。

一粒貌不驚人的種子，往往隱藏著一個花季的燦爛。

一條醜陋的毛蟲，可能蛻變爲一隻五色斑斕的彩蝶。

一個少不更事的嬰兒，卻足以包容一顆追尋眞理、渴羨美善的靈智。

生命是什麼呢？解剖刀、顯微鏡查不到，計算尺、方程式算不出。金錢無法評價，權勢無法左右。生命是上帝手中一個可愛的祕密，爲的是彰顯祂的慈愛與大能。

神造天造地，造山造水，造花造樹，造鳥造獸；祂也造男造女，遍居其地。在上帝的眼裡，一切的生命都是好的，珍貴的，都出於祂精心的創造。

野地上的小花自開自謝，從不因爲長得不如玫瑰嬌豔，蘭花優雅就否定了它們生存的權利。

樹林裡的野雀自鳴自唱，也絕不因爲唱得不如畫眉婉轉，黃鶯悅耳就放棄了牠們

生命是一首歌

生活的樂趣。

當一年之春，萬象之始，讓我們也撥動生命之弦和大地應和吧！不論人生的曲調是長是短，是憂是喜，或艱澀或流暢，都是一首莊嚴的歌。

因爲，生命的本身就是一樁奇蹟。

致戰友書

——寫給所有身體殘障，在逆境中，奮鬥不懈的朋友

三月十二日晚間，我的腿正痛得厲害。

今年開年以來，我還沒過過一天好日子，先是左腿痛，痛得我如坐針氈，接著莫名其妙又發了場高燒，到了三月份，右腿又開始大痛特痛起來。

春節時，香港的朋友送了我一隻陶瓷小蝸牛，我啼笑皆非地說：「我的動作已經夠慢了，這下豈不是更慢了？」沒事時就哼著那首兒童歌曲：「蝸牛背著重重的殼，一步一步的往上爬……」眞好像自己也成了那隻小蝸牛。

近五、六年來，我只有右側睡勉強可以入夢，其他的部位只能「小憩」一下。長期側睡的結果，右臉都給壓得歪到一邊，沒辦法，窮則變，變則通，乾脆在枕頭上挖個洞，剛好把臉頰放進去。

而今右腿一痛，簡直教我進退失據，左右爲難，不知如何是好。偏偏這一陣子事情奇多，爲了要出版一本新書，從抄謄、校對，到接洽打字行、印刷廠等等大小雜事

全是我一手包辦，眞成了諸葛亮的徒弟，食少事繁，事必躬親了（再這樣下去，大概離鞠躬盡瘁、死而後已也不遠了），加上給黨史會的一本小書，早已過了繳卷的時間，而尚未動筆，心中又急又惱，我倒不是怕痛，病了廿多年，多少已經痛習慣了，可恨的是這一痛，又要影響我的工作進度，我實在是沒有時間生病呀！

持續了兩個星期，我平日服用的一些止痛及消炎藥都壓不住它，到了十二日那天，簡直痛徹心肺，連呼吸都不敢用力，緊急找醫生，沒想到醫生也生病了，一路電話追蹤，總算和醫生取得連絡，詳細把病情報告，藥也開了，問題卻來了，誰去拿藥呀？深更半夜的，山上交通又不方便，再痛一夜的話，非給痛死不可。

感謝上帝，救兵自天而降，侃弟突然自台中回來，正好他有車，義不容辭、理所當然地跑一趟，我忙稱他是我的「救命恩人」，上帝派來的「天使」。

就在我痛得大呼小叫，一家人手忙腳亂之際，接到中央日報打來的電話，恭賀我當選第八屆十大傑出女青年。

我愣了一下，半天才回過神，想到是怎麼回事。

也許是病得太久了，也許是痛得太厲害了，一時還感受不到喜悅的滋味。就好像百劫歸來的老兵，儘管勝利在握，卻已傷痕累累、精疲力盡，沒有精神狂歡，沒有心情慶祝了。

任何獎牌對於一位運動選手來說，可能是種極大的鼓勵，他可以爲爭取這份榮譽而日夜苦練，然而，對於一位溺在水裡，爲生命掙扎的人來說，怎麼樣活下去才是最重要的，其他的都是次要的。

爸爸雖然年屆七旬，仍然童心未泯，記者招待會的第二天，興致勃勃地上街買報紙，報販子問他：

「你要什麼報？」

「你都有什麼報？」

「我這裡報很多。」

「每樣都給我一份！」

報販子瞪他一眼，八成以爲這人神經有點不大正常。那天晚上，他抱回來十幾份報紙，令我不禁心酸，女兒不肖，這一生難得有幾次這樣讓老父興奮歡喜的機會。

媽媽只說了一句話：「兒啊！妳有今天，全是妳用痛苦和眼淚換來的呀！」

說得我幾乎流下淚來。回顧這半生歲月，眞可以說得上血淚斑斑。初病時不過十二歲，還是個少不更事的孩子，眼看著自己的關節一個個發炎損壞，漸漸地，腿不能行，手不能舉，頭不能轉，牙不能咬；漸漸地，連一杯水也端不動，一顆鈕釦也扣不上……每年數算戰果，總是丟城失地，損失慘重，到今天，全身幾乎找不出幾個完整的關節了。

因此，每晚的睡眠對我都變成一種痛苦的抉擇。因爲，不論你採取那一種睡姿，都會壓迫到關節，而關節炎病人最大的困擾，就是關節活動起來固然痛，不動的話更是僵痛難忍。於是一個晚上就輾轉反側、徹夜難安。但是翻一個身也照樣大費周章，先得小心翼翼挪到床邊，然後整個身子翻倒過來，過不了幾分鐘，等到這邊也給壓得受不住時，只好再翻。就這樣，睡眠被凌遲成一寸寸、一段段。

實在痛得厲害時，我寧可坐著。

朋友說：「不睡覺的時候可以寫文章呀！」

我只有苦笑。不睡覺的結果是腦袋裡的零件全部搬了位子，連講話都會顛三倒四，更別說是思考、寫作了。

對這類問題，我很少解釋。飽漢不知餓漢飢，一個健康的人很難體會即使是一夜安眠也是種極大的福分。

我把痛分成了五種，「小痛、中痛、大痛、巨痛、狂痛」，好像報漁業氣象一樣。在醫學界，「類風濕」是出了名的難以捉摸，它和天氣的變化、濕度等等都沒有什麼關聯，完全是來無蹤、去無影的武林高手。

有時是酸痛，有時是僵痛，有時你也根本分不清是什麼痛。加上關節的變形磨損往往壓迫到神經痛，輕則像針刺、像電擊，重則如刀割、如火燒，有時眞感到自己的肌骨被活生生撕裂、剮鑽，痛得人汗淚交流，小便失禁。有一次，媽媽無意間在我腳底板發現一顆雞眼，是因為走路姿勢不正磨出來的，足足有一公分高，像根鐵釘一樣釘在腳心，使她大為心痛，不知我何以走路，但比起關節的痛楚仍然是小巫見大巫。我至今心臟不好，全是長期痛出來的。

實在痛極了，我就發狠說：「這輩子眞該去做強盜的，拚著將來下地獄也不怕，反正剝皮抽筋，上刀山、下油鍋的滋味也不過如此！」或是跟媽媽說：「媽呀！我要死了的話，妳要高高興興給我放掛鞭炮慶祝！」媽媽聽多了我這種譁話，見怪不怪，懶得理我。

但是無論如何，我絕不肯吃安眠藥，因為我得的是慢性病，長期依賴這類麻醉性藥物，很容易上癮，再要戒除就難了，我寧可痛，也不願妥協。生病有如打仗，如果是一場肉搏戰，短兵相接，或許可以一鼓作氣衝殺過去，最怕的是這種拉鋸戰，長期消耗你的意志，瓦解你的士氣，稍一不愼，就全軍覆沒，正如我國名軍事學家蔣百里先生說的：「不論勝也罷，敗也罷，就是不能同敵人講和。」

有時，眞是痛得我火冒三丈，牛脾氣一發，反而豁出去了：「好吧！你痛，儘管痛吧，我就不相信你會痛死我的！」

怪的是你越怕痛，它越痛，你不在乎了，它好像也沒想像中那麼厲害了。

疾病雖然帶給我身體上極大的痛苦，尤有甚者，是心靈上的折磨和煎熬。尤其是初病的那幾年，面對著日益惡化的病情，一個活潑外向的人突然落入無邊的黑暗中，心情黯淡到了極點，甚至拿不定主意到底要不要活下去，但是想到爸媽，想到父親以一個上校軍官微薄的薪水，要供養四個孩子念書，還有我龐大的醫藥費，生活的窘迫可想而知。然而，父母愛女心切，只要聽到那個醫生好，就立刻請來治療，那個偏方有效，也非得千方百計找來試驗，甚至連高山族的巫醫都請了下來。他們揹著我、抱著我在烈日下、泥濘的雨地裡四處求醫，汗流滿面，心力交瘁，但他們從未在我面前流露一絲愁苦之色。

家用入不敷出，媽媽不得已在院子裡養雞種菜，代打外銷毛衣，包被服廠的衣服回來做，家裡所有值錢的東西都典當一空，連媽媽一床心愛的湘繡被面都送進了當鋪。我永遠忘不了爸爸出公差時，連一碗牛肉麵都捨不得吃，只吃牛肉湯麵的情景，我也永遠忘不了媽媽給常鬧腸胃病的小弟擠一點桔子汁喝時，大弟急切地等在一邊吃渣的情景（因為那渣裡還有一點桔子的味道），可憐兩個弟弟到上高中還是穿著一圈圈像箭靶一樣補靪的褲子，但無一人訴苦，無一人抱怨，每一思及，我便心痛如絞，是我拖累了爸媽，剝奪了姊姊和弟妹們童年應享的歡樂！

我已經沒有死的權利，全家人爲了我犧牲一切，付出了極大的心力，這不是一天、兩天，而是成年累月，無止休無止盡的付出，他們那樣想盡一切辦法醫治我，想盡一切辦法要讓我快樂，我怎能辜負他們、傷害他們？

「揚名聲，顯父母」，兒女的努力原就是父母的安慰，兒女的成功也就是父母的驕傲，我只有加倍用功，努力上進，要好，而且更好，多給爸媽爭一分光彩，給家人爭一分榮譽，我希望他們知道，他們花費的心血沒有白費，他們的犧牲不是沒有代價。

還有那來自世界各處的溫暖友情，多少人爲我熱心介紹醫生，多少人爲我打氣加油，多少人爲我默默祈禱，其中有許多是我從來不認識、也從來沒見過的。一位旅居香港的讀者在看到報上有關我的新聞後，寫了一封信給我，他不知道我的地址，信封上僅寫著：「中華民國，台灣省，台北市，女作家杏林子小姐收」，這封信奇蹟似的在蓋滿郵局「試投」的戳記之後，輾轉投遞我手。信的第一句話就寫著：「我身在海外，心在祖國，故無時無刻不在關心祖國同胞的生活起居……」這封信看得我熱淚盈眶，後來，這位讀者帶他的兒子回國投效空軍，還特地來看我。我何其有幸，獲得這麼多朋友的關懷鼓勵。是的，有時候人與人之間不一定要相識，不一定要相見，然而，只要有愛，就可以心連心，緊緊相繫，天涯也咫尺。

美國前副總統韓福瑞在飽受癌症折磨十餘年後，說了一句話：「世界上最偉大的醫療方法就是友誼和愛。」我深深體會到這句話的含意。

我對這個世界虧負的太多，有責任要償還，爲了這分愛債，我不得不勇敢地活下去。

當然，日子仍然很艱難，每天都好像打了一場艱苦的仗。我只是一個平凡的人，也會軟弱，也會心情煩悶，有時也會像一個敗兵一樣灰心喪志，但我該向誰流淚，向誰傾訴，向誰發洩呢？向父母嗎？不，他們這一生已經爲我付出的太多，我何忍再加添他們煩惱？向朋友嗎？不，各人都有各人的重擔及難處，誰也無法替代誰，幫助誰，更何況沒有相同的經歷，也很難有相同的感受。

我只有向神祈禱，給我力量，給我勇氣，支持我不要倒下去。夜深人靜，當我面對著如墨似的長空，常常忍不住淚流滿面，我感受到祂就在我的身邊，了解我的委屈，我無告的痛苦，甚至當我疲憊得一句話也說不出來的時候，也唯有祂了解我確實已經盡了自己的力。

主啊！我把歡笑給了世人，把眼淚給了祢。

保羅說：「我們在一切患難中，神就安慰我們，好叫我們用他所賜的安慰去安慰那遭受各樣患難的人。」無可否認的，我比一般人更能了解一個殘障者的心理和需要，我常常想，神讓我遭受這樣一場大磨難，是否也有祂的用意在？是否也要我爲祂做一點什麼？

十餘年前，我的病況一度好轉，曾參加了兩處傷殘機構服務。那時，傷殘重建工作在國內不過剛剛起步，當我走出可愛的小家，接觸到外面廣大的社會後，才發現這種工作的艱辛，荆棘重重。社會一般大眾仍然對於殘障者有著某種程度的歧視與排斥，我們被人當成外星人，當成機器怪人，當成了商店裡的風漬書、廉價布；只因爲形體上的一點缺陷，我們成了次等人。

有一年，台北曾有一次規模極大的經展，我坐著輪椅，興致勃勃地由爸和弟弟陪同前往參觀，沒想到卻在門口被擋駕了，理由是裡面正有要人參觀（所謂的要人，只是一群大學教授），我這個樣子進去不好看。父親氣得和警衛大吵起來，圍了滿街的人潮，那一剎那，我只覺得自己有如死過去一樣，竟然絲毫感受不到憤怒或傷心，只木木然看著喧喧嚷嚷的人群，看著陽光下暴跳如雷的父親，彷如幻境。最後，一位負責人看事情越鬧越大，無法收拾，不得不匆匆出來打圓場，答應父親讓我在晚上臨關門前半個小時進去參觀。我沒有再去，我不要像隻小老鼠一樣溜進去，他們也料定我不會去。

事後，弟弟還埋怨我：「人家不是答應妳晚上再去的嗎？」我一句話都沒有說。

在人面前，我必須裝出一副若無其事的笑臉。

工作了兩年多，從許許多多殘障的孩子和青年身上，我也越發體會到生命的可喜可貴。是的，我們或許失明，或許聾啞，或許缺胳臂少腿，但我們可以用耳朵「看路」，用指頭「讀書」，用手「說話」，用腳「寫字」。只要一息尚存，我們就有辦法克服困難，在天地之間爲自己爭一線生機、一席之地。

有時候，活著比死需要更大的勇氣，但我們仍然堅持地活下去，以示對生命最大的敬意。

我不再只爲自己、爲父母而活，同樣的，我也爲千千萬萬和我一樣身體殘障、在逆境中奮鬥不懈的人而活。你們都是我的戰友，在人生的戰場上，攜手並肩，向命運、向環境打一場美好的聖仗。

戰場上，一個逃兵往往會影響全軍的士氣，同樣的，一名勇士也會激勵伙伴們的鬥志和勇氣。

我願意爲你們打頭陣。

雖然後來因爲病情惡化而不得不離開這些可愛的孩子，但我發現自己還有一枝筆，仍然可以寫出鼓舞人心的作品來幫助別人，甚至於所接觸的層面反而更爲廣大。

在眾多的讀者來信中，絕大多數都是身體有病或是心裡有疑難的年輕人，他們向我訴說心中的痛苦和徬徨，以及對人生的懷疑。有一位女孩子，由於感情上的創傷，自殺了三次，最後寫了封長信給我，要我告訴她生命是什麼，人活著有什麼意義，因爲她正準備第四次走上死亡之路。

我告訴她，幸福是需要我們自己去追尋、去掌握、去創造的。對於已經發生的不幸或錯誤，任何懊惱、埋怨、悔恨、不滿都於事無補，要緊的是怎麼讓現在的自己和以後的自己活得更好、更快樂。

人沒有拒絕受苦的權利，因爲我們的生存乃至於福祉也是別人用痛苦和犧牲換來的，如果我們只爲一時的挫折打擊就不願活下去，如果人人都不願吃苦，那麼恐怕天下沒有一個媽媽願意生孩子，沒有一個工人肯去開山闢路，也沒有一個士兵願意保國衛民。

我們也永遠聽不到貝多芬的「快樂頌」，讀不到司馬遷的《史記》，欣賞不到雷諾瓦的畫。

《聖經》上說：「鼎爲煉銀，鑪爲煉金，唯有耶和華熬煉人心。」很多苦難在一時看來，或許是種不幸，但上帝也往往藉此機會磨練我們的信心，激發我們生命的潛能，發揮出生命的價值和光輝。苦難的本身並無意義，最重要的是我們是否可以從中學到一些什麼、領悟一些什麼、獲得一些什麼。大衛王對這一點非常了解，所以他說：「我受苦是與我有益。」

我們對自己、對家庭、對社會、對國家，乃至於對全人類都有一分責任在，又怎能逃避放棄呢？

正因爲如此，我對自己也不敢稍有一絲放鬆懈怠，每天總有寫不完的稿子，回不完的信。我的右臂由於寫字太多，一年四季都腫得跟石頭一樣硬，痛得無法彎曲，吃飯時必須放在桌沿上用力壓回來，每晚也非得累得頸子和背部的關節像火燒一樣痛時，才捨得罷筆休息。有回記者問我平日做何消遣？我告訴他幾乎沒有任何消閒活動，連到花園轉轉都沒有時間，唯一的「娛樂」是看本好書或是週末看場電視長片。不過，由於所做的工作都出於自己的興趣，所以也樂此不疲，不以爲苦。

前不久，才有一位朋友訓了我一頓，教我以後眼光放遠大一點，少寫零零碎碎不成樣的小文章，也不要把精神浪費在這些沒有報酬的事上，專心努力寫一些眞正具有文學價值的作品，可以流傳後世的……

訓得我唯唯諾諾，我多麼想告訴他，我「志不在此」，我從來不想做什麼大作家，也從來沒有文學的使命感，更不想流傳千古。我只是一名小小的作者，只想給人間散佈一點愛和溫暖、希望和歡笑，如此而已。如果做不到，那麼即使把諾貝爾文學獎的榮譽給我又有什麼益處呢？

病了整整廿六年，我失去健康，失去青春，失去求學的機會，失去行動的能力，人生最美好的歲月我都是在病床上度過的。但我也越來越發現，不論我失去什麼，也不論我失去多少，有一樣東西卻是任何人所無法剝奪、任何事所無法磨損的，那就是生命的意志。

一個人，只要有信心，肯努力，只要不看低自己，不對自己失望，那麼，不論遭遇何種打擊，處在何等環境，都能有所作爲，出人頭地——「堂堂正正做天地間第一等事，爲天地間第一等人。」

寄語戰友們，我們已經哭過了，現在，讓我們擦乾眼淚，如同總統在青年節前夕訓勉我們的，一齊努力！一齊勝利！一齊成功！

——原載《中央副刊》

有歌的日子

微笑的臉

走在路上，我喜歡看人，看人的臉，看人臉上的陰晴喜怒。每一張臉都是一個故事。

半年多台北的日子裡，清晨上班，居然只看到有限的幾張笑臉。其他的，都是一些呆板的、灰暗的、疲倦的，或是猛然間分不出眉眼五官的臉。

忍不住跟朋友歎氣：「奇怪，你們台北人怎麼不愛笑呢？」只有我這個山裡來的人，晴天頂著大草帽，雨天披著斗篷式的登山雨衣，一路唱著歌上班。

每一個新的日子，不都是生命中一個嶄新的開始嗎？不同於昨日，不同於明日，是單單為今日的我預備的；每一個新的日子，不都是和生命的頭一次相遇，頭一次相愛，充滿了清新的喜悅和驚奇嗎？我們還活著，能看、能聽、能思想、能愛，甚至也能恨，這難道不是一件了不得的大事嗎？難道不應該好好讚賞驚歎嗎？

珍惜都來不及，欣賞都來不及，怎麼可以板著一張臉讓生命中每一個一去再也不復返的日子呆板乏味，千篇一律。

誰也不知道，整整一個夏天，我是一名傷痕累累的兵士。

五月中，爲了替文藝營找一塊理想的園地，踏遍陽明山麓，車行途中，坐骨不愼受傷。也是自己疏忽大意，傷口潰爛化膿，不得不強迫自己躺在床上，這一躺又躺出禍來。多年來，我只能向右側睡，側睡的結果，整片右背長滿大痱子，接著痱子發炎一如蜂巢。我開始面臨一項痛苦的抉擇，我坐著，猶如坐在刀口上；我躺著，猶如躺在劍山上，橫豎都是煎熬。

而文藝營的工作已到了最後階段，緊鑼密鼓，千頭萬緒，緊接著籌備八月份的中橫健行，九月份一系列的親職講座、手語班和商用英文班的開課……工作如山一樣的壓積下來，時間的腳步不容許我稍作停頓休息，也不容許我呻吟軟弱。

在無從選擇的情況下，我放棄掙扎，該坐的時候坐，該躺的時候躺，該工作的時候照樣工作。

孩子們有時看見我因傷口的抽搐而顫抖，免不了想出一些方法分散我的注意力，他們不知道，痛至極處，是需要以全部意志力去對抗的，一分神，就沒有力氣了。

朋友見我，仍然是笑容可掬；朋友聽我說話，仍然語調輕快，無人看見重重紗布纏裹下的瘡口。

並不是眞的這樣英雄，長夜孤燈，仍有我不能支撐的脆弱，不能抑止的眼淚。只是，隨著朝陽升起，我的臉燦爛如花。

許多人總以爲我一病三十年，足不出戶，不知社會黑暗，不知人心險詐，下筆一派天眞，不食人間煙火。其實，醫院就是社會的縮影，生老病死，悲歡離合，愛恨恩怨都濃縮在那一張病床上，尖銳刺心的感觸又豈是常人所能了解的。

我所閱歷的是這樣一種生和死。

太清楚人性的脆弱，便不免常爲人自己製造出來的悲劇有一種無奈的傷痛。

至今仍然無法忍受的，是人因爲無知所承受的痛苦。也因此，總希望多帶出一點溫厚，一些祥和，多少彌補天地之間的缺憾。

即使是力道有限，卻也沒有退避的理由，因爲，這也是我所生活的土地，有我方趾圓顱的同族同類。

會裡有一個患有自閉症的女孩子。僅僅十六歲，一張臉就像是被刀削過一樣，削去全部肌肉，也削去所有表情。講話時好像嘴裡含了許多小石子，所有的句子就在那些小石子中滾動，含混不清，不知所云。過分嚴厲的父親造成她心理巨大的壓力，在無可逃避之餘，她把自己封閉起來。

曾經接受過好幾個地方的心理輔導，可是沒有人能走進她的世界。有一段時間，她也常常打電話給我，反反覆覆在一些微不足道的小事上繞圈子，毫無內容，毫無章法，毫無次序。最糟糕的是她根本不聽別人說什麼，只一味的自我喃喃，折磨自己，也折磨別人。

也能體會她內心掙扎之苦，卻是無論如何也進不去，她的世界是一口封閉太久的井。

每每在夜深時刻，筋疲力竭之餘仍要接聽這樣的電話，眞是耐力的極大考驗。多少次想切斷她的話頭，告訴她我很忙、很累、很……可是我不敢，深怕她剛剛伸出的觸角又縮了回去。

我不是醫生，完全不懂心理治療，我只能做一個疏通的管道，如果她正好需要一個出口的話。

我忽然發現能夠愛，能夠付出實在算不得什麼，有人肯接受你的愛，你的付出才眞是一件值得謝天謝地的大事。

幾個月前，她來到伊甸上課。一天早上，經過我身邊時，忽然微微一笑，我足足愣了五秒鐘，從來不相信那張木然呆滯的臉也會笑，雖然笑得仍然十分生澀，卻讓我的眼睛濕潤了許久。

在這個充滿疏離感的時代，我們難道不都或多或少患有自閉症嗎？把自己用層層藩籬緊緊圈住。

人到底要掙扎多久才能走出自己的世界？要流多少眼淚才能解脫心靈的桎梏？

不久前，一位讀者將她罹患重症又遭丈夫遺棄的心酸史寫成一篇長稿寄我，希望我幫她找一個地方發表。我告訴她，且讓我們收起自己的傷痕，用笑臉面對人世的風雨吧！這個世界的眼淚已然太多。

我喜歡看到笑臉。每一張微笑的臉都是一朵初綻的蓮花，自有一分清新的美麗和清平盛世的風采。

這些日子，常和孩子們唱一首小歌：

要微笑，不論你是否憂傷，
要微笑，因主就在你身邊。
微笑使你一天天更明亮，
微笑使你負擔更覺輕省，

因爲今天是個更有價值一天。
讚美主，感恩充滿你的心，
那明朗而欣喜的微笑使你生命更富意義。

偶然

和孩子們在山上住了三天。

雖然每一次的活動都有我的事先參與策畫，但等策畫完畢，工作分配給各部門後我的責任便算告一段落。

而這一次，卻是和孩子們實際生活在一起。我告訴負責的同工，不要找我開會，不要找我處理任何事情，這一次我是純粹去度假的，我已經快被台北的日子淹沒了。

山上的日子極其安靜，極其輕爽。

整個人忽然懶散下來，不想動，不想說話，不想思過。明知美術教室有老師在教畫，音樂教室有歌聲飛揚，文學教室正在講解如何創作。孩子們爆出的笑聲似遠似近的傳來，可是我的身子卻賴在床上不肯合作，只因爲——

窗外有樹，樹上有蟬。

清晨四點，就被鳥聲驚醒了。從初初調音的不規則到琴聲揚起，我是最忠實的聽眾。有鳥如歌的日子似乎已經離我相當遙遠了，那種模糊的回憶摻雜著甜蜜和憂傷。我的心仍然屬於山的。

有時坐在廊下看山，看樹，看蛺蝶在梔子花前飛舞，竟然可以把自己看癡了過去。

只覺風景不再是風景，我不再是我。我已化作晴空的一抹藍，樹梢的一點翠，逐漸淡出，溶入大化。

山無言，樹無言，與朋友相對，亦是無言。不是不明白他殷勤的心意，只是覺得既然有很多事情一時訴說不清，解釋不明，言語已是多餘。

靜默便是最完整的答覆。

仍然喜歡單純的生活，單純的愛和被愛，單純的付出和接受，單純的過我自己想過的日子。單純的本身就是一種美。

聖經上有句話極有意思。「上帝造人本來很單純的，結果人把自己弄複雜了。」欲求越多，思慮也雜，煩惱也多，紛爭也多，人世永無寧日。

儘量讓自己的生活清淡平和，物質的欲求降至最低程度，吃也簡單，穿也簡單，生活規律，起居正常。只要關節不痛，每晚幾乎只要頭一挨到枕頭就會酣然入睡，連夢都沒有。

我喜歡這樣的日子，眞是好到即使撒手離去，也是無憾。也不是不愛那些孩子，只是他們的路終究還得他們各人自己去走，我只不過是個引路人。

我愛這個世界，卻不屬於這個世界。基本上，我仍是一個孤獨的人，不過，活得很自在，照自己的方式。

原以爲山中無歲月，不想還是到了結束的時候。最後一晚，看到孩子們依依之情，不免心緒紛亂。面對萬事萬物，萬種情愛，我明白我只是一名過客。青山無語，斜暉脈脈，我終究還是要離去的。

晚風裡，孩子們曼聲唱著「偶然」，只是把最後一句稍作更動。既然愛過了，回憶也可以很美麗。

偶然，就是那麼偶然。
讓我們並肩坐在一起，
唱一首我們的歌。
縱然不能長相聚，
也要常相憶。

天涯海角不能忘記我們的小祕密，
爲什麼，忘不了你，
爲什麼，惦記著你，
多少的時光溜走，
多少的記憶在心頭。
你悄悄的來，
又悄悄的走，
留給我的卻是一串串美麗的回憶。

不悔的愛

第一次到台灣神學院勘察文藝營營地時，滿院亭亭如蓋、青蔥蒼翠的樹木中，一眼就看見它。脫口而呼：

「咦，那不是楓樹嗎？」

「是的。」帶領我們參觀的先生熱心的說：「馬偕博士一百多年前親自從加拿大帶過來的。」

那天，戴南祥老師在大會堂教孩子們帶動唱，笑聲與歌聲把屋頂都快掀起來了。

孩子們的歡笑總會引發我無端的眼淚，我的剛強之中仍有不能碰觸的脆弱，便只有匆匆逃了出來。

一個人獨坐前庭。前庭極靜，沒有鳥聲，蟬聲也已歇息，只有風像流水一樣拂著人拂著樹。我靜靜看著這棵樹，漸漸走向一百多年前的黃昏。

是怎樣一種愛，怎樣一種情懷，讓一個年輕的加拿大的大孩子背井離鄉，萬水千山的來到中國，一個完全陌生，完全不肯接納他的地方。

老百姓用大糞潑他，用穢言罵他，用刀棍趕他出境，只因爲他是一個不同文不同種，卻妄想要做他們同胞的「洋番仔」。

是怎樣一種愛，怎樣一種情懷，竟使他甘願留起長辮，甘願娶一個中國女子爲妻，甘願從思想，從言語，從生活習慣蛻變成一個中國人，只爲了更貼近中國人的心！

而最後，他也老死中國，遺骨就埋在中國的土地上。

他實在不欠中國人什麼啊！只不過偶然有人提起在遙遠的東方有這麼一個叫做中國的古老國家，有一大片望也望不見天涯的土地，有多得數也數不清的人口……他就愛上了，把他一生的年華歲月無條件的雙手奉上。

從所熟悉的生活環境連根拔起，離開所愛的父母、親人，或許還有青梅竹馬的情侶，千里迢迢，遠赴中國，他一定也清楚知道這一腳跨出去就可能永遠回不來，此生此世再也見不到故國家園。「勸君更進一杯酒，西出陽關無故人」，面對浩浩蕩蕩，無邊無際的大洋，這是怎樣的一種征途，需要怎樣的一種勇氣呢？難道說眞有一種愛是需要像「風蕭蕭兮易水寒，壯士一去兮不復返」那種一刀切斷生死的剛烈和決絕嗎？

然而，在他內心深處還是有一些割捨不斷的東西吧！簡單的行囊帶著一棵小小的楓樹苗。楓樹，是他故鄉的樹呀！北溫帶的植物要在亞熱帶燠熱潮濕的土地上生根增長，該是需要幾生幾死的掙扎歷練呢？

楓樹苗逐漸適應了這塊土地，他也逐漸被這塊土地上的人民接納認同，他們同樣生長得很好，生活得很好。

而這一棵樹伴著他，從他年少到年老，在他孤獨，在他寂寞，在他被打被拒被羞辱，以及被濃濃的鄉情席捲時，想必就是這棵樹陪著他在風中一同流淚，一同歎息。當他年邁體衰，再也無力奔走時，這一棵來自他故鄉的樹該也是他最後的寄託和慰藉吧。

而今，我同樣坐在樹下，同樣癡望著七月裡碧綠如翠玉一般的葉子，以及隱藏在葉下細碎的象牙色小花，便禁不住熱淚如傾。

這是怎樣的一種愛，怎樣的一種情懷呢？

朋友見我年過四十頭髮依舊烏黑，額頭依舊明亮，膚色依舊紅潤，總也不見老似的，免不了打趣幾句：「怎麼越來越青春貌美了？」

我就把老朋友的話拿出來回答。「三毛說的，戀愛中的女人就是這個樣子，又年輕又美麗又快樂！」

乍聽之下，沒有人不給嚇倒的。這個生活規律如清教徒的人，什麼時候談起戀愛了？

看到朋友被捉弄的樣子，總忍不住大笑。如果你有一個對象使你爲之生爲之死，爲之哭爲之笑；如果你有一個對象使你願意將生命最後一滴血一滴汗爲之付出的，這算不算是一種愛情？

望著和風中窸窣作響的楓葉，我輕輕唱起一首古老的情歌。原是當做委婉纏綿的男女之情，此刻再唱，卻只覺胸臆間熱潮洶湧，別有一番深情深意。

我怎能離開你，我怎能將你棄，
你當在我心頭，信我莫疑。
願兩情長相守，在一起永綢繆，
除了你還有誰，與我爲偶。

藍色花一叢叢，名叫作勿忘儂，
願你手摘一枝，永佩心中，
花雖好有時光，祇有愛永不移，
我和你共始終，信我莫疑。

願今生比作鳥，飛向你暮和朝，
將不避鷹追逐，不怕路遙。
遭獵網將我捕，寧可死傍你足，
縱然是恨難消，我亦無苦。

不論世界如何變遷，人心是否越來越現實，眞正的愛情仍然是生死相許，堅貞不移；眞正的愛情仍然是至死也不怨悔。

——原載《中華副刊》

獎牌

前些時候，一位非洲的運動健將創下了世界一英里的長跑紀錄：三分三十秒。哇！這樣長的距離只花費了三分半鐘，眞比火車頭還有衝勁呢！我開玩笑地想，如果世界上有比慢競賽，我大約也可以得一面獎牌，因爲我僅僅走一公尺的路也要花費三分多鐘呢！

別人看我坐在那裡，面色紅潤，神情愉快，一點也不像是久病之人，不知道我全身百分之九十以上的關節都告損壞，特別是兩條腿，關節腫痛變形，肌肉軟弱無力，走路對我成爲一項極爲艱鉅的考驗。因我無法用枴杖，起立的時候，必須像運動員起跑前的預備動作，上身彎曲前傾，默喊「一、二、三！」然後奮力向前一衝，靠著衝擊的力量站起來，但常因力量不夠，半途又倒下來，於是，一衝再衝，光是站起來往往就耗去半個多小時。

好不容易站穩之後，扶著牆開始慢慢向前移動，眞是舉步維艱，寸步難移，短短不到十公尺的距離對我也是一條「遙遠的路」，我只有一遍遍在心中鼓勵自己：「快了，已經走一半了……好了，還剩三分之一了……馬上就到了，只有幾步了……」堅忍到底，終達目的。

人生道上，我也持定同樣的原則。我不在乎走長遠的路，我只要求自己不畏縮，不中途棄權；我也不在乎能拿什麼樣的獎牌，只要求我所踏出的每一步都不是虛空的。

——原載《新生副刊》

晚霞

今天的氣溫高達攝氏卅六度，天空一絲雲彩也沒有，空氣凝止不動，白花花的陽光令人生畏，坐在屋裡也揮汗如雨，這是入夏以來最燠熱的一天。

然而，到了傍晚，夕陽卻在西山潑下一金，遠遠近近的山峰都浸浴在濃濃的金汁裡，燦然生輝，山谷在陰影下呈現出墨綠和灰藍的層次。天空的色彩更是千變萬化，由柔和的橙黃、檸檬黃、淡紫、粉紅，漸漸濃豔，而金黃、橘紅，至終成爲一片豔麗的玫瑰色，那紅暈一直溶進大地，彷彿整個大自然都飲了一口醇酒似的，醺然欲醉。

我癡癡坐在窗前，直到暮色四合，最後一絲光線消失在遠方的山頭。沒有想到這樣一個令人難以忍受的暑天，卻孕育了今年夏天最美的一次晚霞，我忽然覺得白晝的烤灼都是值得的。

上帝常常在不知不覺中給我們補償。經過一季單調乏味的嚴寒，祂立刻以柔柔的花香，軟軟的鳥語，嫩嫩的青芽來復甦我們冷寂的心；夏季的悶熱固然令人煩躁，但夏天的晚霞卻最美，夏夜的星光卻最燦爛。而暴風雨之後，上帝不也往往以一彎美麗的虹彩使我們忘掉剛剛的驚悸嗎？經過漫長的盼望和忍耐，我們更能領會神豐富的恩賞。

哦，我願意再忍受一個這樣酷熱的夏日，只要讓我再欣賞一次這樣的晚霞。

希望

十年前，我的兩腿動了一次矯形手術。手術房出來，右腿立刻墜以八磅重的鐵砂袋，左腿打進了三枚不鏽鋼釘，石膏一直敷至大腿根部。整個下半身一動也不能動，加以傷口又痛，整整三天三夜都無法合眼。但我既沒有哼，也沒有請醫生打止痛針，全病房的人都誇讚我堅強勇敢。他們不知道，並不是我眞的不怕痛，也不是我的忍耐力比別人強，只因我了解這樣的痛楚是短暫的，手術之後，我就可以恢復走路，可以郊遊、上街，到自己喜歡的地方。懷著一個美麗的希望，再大的痛苦也可以承受了。

那兩年，我也確實度過一段美好的時光，交了許多朋友，玩了不少地方。雖然後來，我的病再度復發，兩腿的關節又一個個腫痛變形，無法行走，但我仍不灰心，也不絕望，我相信醫學不斷地研究進步，總有一天會對「類風濕關節炎」有徹底的治療方法。

即使眞的不能好，我也不怕。人生除了健康，仍有許多值得追求，值得珍視的東西。一個人只要樂觀進取，永不屈服，前途必然一片光明喜樂。

希望，是一切力量的泉源。在我們的一生中，可能失去很多東西；然而，只要懷抱永不熄滅的希望，我們就可以不畏貧寒，可以面對苦難，可以重新開創我們的世界，可以勇敢地活下去！

力爭上游

國瑞弟帶著他的新娘來看我，看他滿面春風，嘴角甜蜜幸福的微笑，不禁想起從前：

第一次見到國瑞弟，是在他的病榻邊。他因神經炎與關節炎而癱瘓在床，由於長年著不動，脊椎骨及髖骨的關節都長死連接在一起，整個身子像塊木板似的一動也不能動，但更嚴重的卻是他心理上的「病徵」，他不敢面對自己的缺陷，怨天尤人，自暴自棄。我嚴正的告訴他，眞正決定他這一生是否是個殘廢的，不是別人，而是他自己；如果他不肯幫助自己，就沒有人能幫助他。

他終於站起來了。撐著枴杖一跳一跳地學走路，咬著牙迎接別人奇異的目光，他發現這個世界仍然是溫暖友善的，只要你不去敵對它，心病霍然而癒。從此奮發進取，以同等學力考進大學，課餘又苦修多種外國語文，參加高、普考。在學校不僅功課好、人緣好，並且積極參加社團活動，熱心助人，更常以現身說法鼓勵和他相同命運的殘障青年，充分發揮了生命的價值與光輝。

反觀現今許多大學生，頭腦聰明、身體健康，卻張口「失落」，閉口「無根」，整天不是跳舞、喝酒，就是沉迷在麻將桌上，四年混下來，有的連信都寫不順，到底誰更是「殘廢」？

人生有如一條波濤湧的大河，有人力爭上游，有人隨波逐流，端看你採取那一種人生態度。

永恆的價值

在西洋的畫家中，我特別欣賞法國的印象派大師雷諾瓦，他對色彩的運用，對光韻的捕捉，都有獨到的手法。我尤愛他畫的少女和小孩。纖柔典雅，眼波如水，彷彿隨時都可以從畫中走出來。看他的畫，總給人一種明朗歡愉的感覺。

據說雷諾瓦也患有關節炎，到了晚年，全身的關節都壞了，只有坐在輪椅上繪畫，他的畫架也是特製的，有活動的軸可以將畫布升降移動。由於兩手的關節都告變形，無法拿筆，就將畫筆綁在手上，朋友看他作畫如此艱苦，問他何不放棄，他回答說：「痛苦會過去，美會留下。」他至死都沒有放棄他的畫筆，他就死在他的畫架旁。

多年來，我的右臂因一直不斷寫作而腫脹不堪，常常痛得無法彎曲，只有把手放在桌沿上用力壓回來，而頸部和背部的關節也往往因爲低頭太久不時向我提出嚴重抗議，每在這種時候，我就不自覺會想起雷諾瓦這句話，他留下的豈止是藝術的美，更留下了生命的美。在那樣艱難痛苦的境況中，他仍然堅持對美的追求，努力地創作，這種對生命執著和熱愛的精神遠比他不朽的名畫更值得我們尊敬推崇。

是的，有一天痛苦會過去，眼淚也會過去，一切的不幸都將隨時光消逝，但我們生命中還有一些永恆的東西可以留下，只要我們肯，我們總能留下一些什麼。

自憐與自重

很多朋友都說我的字寫得很好，筆畫很有勁道。不知道我以前的字有多醜、多蹩腳。由於我整條胳臂的關節都壞了，從肩、肘、腕，一直到十隻手指頭都是又腫又痛，握筆在手，眞有千鈞之重，一手字寫得歪歪扭扭不說，而且向右下方傾斜，有人竟以爲我是用左手寫字的。

有一天，一位函授學校的老師在我的作業上批改，說我的字惡劣古怪，十分難看。當時我眞覺得委屈，很想向老師解釋一番，但繼而一想，世上有一些無手的人，用他們的嘴或腳趾也能練出一手好字，爲什麼我就不能呢？可見「天下無難事，只怕有心人」，有很多事不是我們做不到，而是沒有毅力恆心，不肯去嘗試。更何況，一個人如果因爲自身的缺陷便處處要求別人對他忍讓原諒，那麼，基本上他便已經先將自己看低了。

從那時起，我開始慢慢練字。到今天，我肩不能舉，肘不能彎，十指變形，寫字時，只有在腿上放塊小木板，低著頭，弓著背，一筆一筆艱難地寫著，寫不多久，手臂就往往痛得無法動彈，即使抄一個劇本也須費時一個月呢！但我並不以爲苦，因爲，這對我也是一種考驗，一種挑戰！

生命的潛力無限，你失去一部分，上帝就會在另一方面加倍補充。失明的人往往記憶力特別強，嗅覺和觸覺也比別人敏銳，正是這個道理。怕的是你不敢面對自己的缺陷，一味的自憐和抱怨。要知道，一個對自己都沒信心的人，叫別人如何來尊重你呀！

認識生命

在我初病的那幾年中，我曾度過很長一段黯淡的歲月，一個活潑好勝的人長期被禁錮在病床上，面對日益惡化的病情，逐漸變形僵硬的關節，來自身體上的病痛猶可忍受，更可怕的是來自心靈的折磨。對前途的茫然，對自我的否定，一個既失去健康又失去求學機會的長期病患，活著有什麼意義呢？生命存在的目的又在那裡？

但是，當我認識那位創造生命的主宰，我也開始認識自己。生命的本質是何等的莊嚴神聖，不論貧富貴賤、老弱傷殘，每一個生命在神眼中都有他特定的價值。神造萬物，各有其用，神絕不要我們輕視自己。在我們的一生中，可能失去很多東西，但沒有誰能否定我們生命的尊嚴和價值，也沒有什麼能剝奪我們對生命的熱愛和追求；因爲，生命的本身便是神最大的恩賜。

也許我們活得很平凡，也許我們的才智有限，但我們還是能做很多事情。上帝看重的不是我們有多少能力，而是我們肯不肯竭盡所能地發揮出生命的光和熱。我曾輔導許多身體傷殘的孩子，教導他們不僅要「認識生命，尊重生命」，更要「發揮生命，創造生命」。如今，有的孩子已經長大，成家立業，在社會上小有成就，我為他們高興，也為他們驕傲！世上有什麼比看到一張愁苦的臉會笑了、一個自暴自棄的生命變得奮發有為更令人欣慰滿足的？生命是這樣美好，值得我們為它奮鬥努力！

我也同樣祝福那些在逆境中掙扎、奮戰不懈的朋友，讓我們堅持對生命的熱愛和尊重，相信我們不論處在任何艱難的環境中，都能活得光彩，活得有力！

陷阱

英國的倫敦塔原是囚禁政治犯的監牢。在一間囚室的石牆上，有位犯人刻下這樣的一句話：「殺人的不是逆境，而是遇到逆境時那種消沉煩躁的心情。」至今歷時三百年，牆上的刻痕仍在，給觀光客留下無限憑弔的感慨。

恐怕很多人都不知道，魔鬼撒旦攻擊人類最有效的武器不是憤怒、驕傲、嫉妒和怨恨，而是微不足道的沮喪和失意。它們會悄悄侵襲到你心中，一點點瓦解你的意志，消蝕你的信心和勇氣，使你落入毀滅的陷阱而不自覺。

當災難初次打擊到一個人時，他第一個反應往往是懷疑，「這會是我嗎？」他不敢相信噩運會突然降臨到他身上，繼之是憤怒，「爲什麼偏偏是我？」他覺得不公平，別人都活得好好的，卻由他來承受這樣的痛苦和不幸，他憤怒、怨恨、詛咒，恨不得把全世界都毀滅。但是，當這一切都無法改變事實，他開始感到惶恐、不安、無助；沮喪和失意的毒菌便漸漸征服了他，使他消沉、自暴自棄，抱著一種聽天由命、自生自滅的消極態度。到了這種地步，實際上他的心已經死了。

在每個人的一生中，誰都避免不了遭遇一些挫折打擊，一些讓我們傷心流淚的時刻。但我深信，人生的苦難雖多，生命的韌力卻比這一切更堅強，只要你下決心好好地活著，你就能好好地活下去。生存的本能是上帝賦予人類極大的權利，只是很多人都未曾發揮。

不要放棄自己，勇敢地接受生命的挑戰。有一天，我們可以老死、病死、窮死，但絕不要允許自己失望而死，消極而死！

重擔

在歐洲某地，有一座橋樑，橋身狹長，是附近幾十萬居民對外的主要交通要道。有一年，暴雨成災，河水氾濫，眼看著這座橋樑就要被洶湧的洪水沖毀，大家都焦急萬分，束手無策，若是橋斷了，後果將不堪設想。最後，還是一位老工程師想出了一個方法，他調集了許多輛的大卡車，每輛車上都載滿石頭，全部都開到橋上，橋身由於承受了這些重量的鎮壓，終於使得基礎穩固下來，在湍湍急流中屹立不搖，沒有被洪水捲去。

在從前那種木造的古老帆船中，艙底都有幾塊重逾數百斤的壓艙石，不懂的人就會奇怪，船輕點不是走得更便捷輕快嗎？爲什麼還要增加船的負荷量？然而，就是因爲這些石頭，使得船身穩定，不致在風浪中飄搖傾覆。你看，這些重擔正成了穩定重心的力量，使得小小的船隻也可以承受狂風巨浪的襲擊。

人生也是一樣，許多時候，我們的生命充滿了痛苦與眼淚，我們埋怨、訴苦，不明白上帝何以要這樣苦待我們？我們眞是覺得身上所負荷的擔子太重了，豈不知這些重擔正是上帝特意加給我們的，爲的是好叫我們也有力量去抵抗來自生命的洪流和波濤。

壓力越大，反抗的力量也越大；負擔越重，也越能激發我們產生抗衡的勇氣。願我們化苦難的重擔爲奮鬥的力量，使我們的生命更加沉穩有力，足以抵禦風雨，乘風破浪，向我們的人生前程挺進。

自求多福

弟弟一位同學撞火車自殺了。他正在唸研究所，正當年輕有爲，前途無量，但不知爲什麼，他卻活得一點也不快樂，就在碩士學位即將到手的前夕，他結束了自己青春光彩的生命，多麼可惜又可嘆！

一位朋友在少女時代就爲自己的終身大事立下了理想條件。而後，她也果眞達到了她所要求的一切。溫柔體貼的丈夫，幾個活潑可愛的孩子。婚姻美滿，衣食無缺。誰知她卻越來越覺得生活呆板乏味，心裡空虛，卻又不知該抱怨誰？只有鬱鬱寡歡地活著，每天以鎭靜劑度日。當初她所切切追求的，竟然絲毫不能帶給她滿足。

而我，失去健康，失去求學的機會，在一個女孩最寶貴的青春年華，我也只有病痛與針藥爲伴，但我卻活得十分起勁，充滿朝氣。反倒是許多健康的人常向我訴苦，把他們的難處向我請教。到底所謂的幸福應該具備什麼條件，或是以什麼標準去衡量？同樣的生活，同樣的環境，有的人甘之如飴，有的人卻無法忍受，誰能給幸福下一個明確的定義呢？

人矻矻營營，總以爲要獲得一些什麼才能「換取」幸福，豈不知幸福並非建築在任何外在的因素上，而在於心裡的平安、喜樂和滿足。放鬆心情，笑口常開；不怨天尤人，不患得患失；處順境時不驕不奢，處逆境時不憂不懼，對自己要有信心，對別人要有愛心，豐富生活內容，多作有益活動。能具備這些，你便已經得著幸福的祕訣！

境由心造，自求多福，幸福原是要靠自己去追尋、去掌握的啊！

感恩的心

多年前，伊甸曾舉辦過一次冬令營，主題是「感謝」。許多殘障朋友抱怨說，身體已經不方便了，又常受社會排斥，那裡還有感謝之處？

我要他們仔細思想，難道眞的沒有一絲一毫可資感謝之處嗎？或許你的眼睛失明，耳朵仍能聽見美妙的音樂；或許你在社會上受到什麼委屈，卻有一個溫暖的家，慈愛的雙親，這不也都是値得感謝的事嗎？

不要著眼在那些失去的東西上，單單數算你所擁有的，自然越數越多，越數越感謝。

在許多宗教活動中，有一個爲人所不知或被疏忽的節日，那就是感恩節。

感恩節的由來源自兩百多年前，一群英國人，爲了脫離君主管轄的英國政體，駕駛五月花號，橫渡大西洋，來到美洲新大陸，發現那兒確實地大物博，草木豐美，是安家落戶的好地方。

爲了感謝上帝一路帶領，平安的找到新家園，他們特別在每年十一月的第四個禮拜四聚會慶祝，這就是感恩節的由來。

很可惜，越來越多人只把它當做一種儀式，爲慶祝而慶祝，卻不知要感謝什麼。我們很少想到，我們一生的成長，除了自我的努力之外，還有我們生長的環境、呵護我們的家庭、師長的教導、朋友的扶持……點點滴滴，那一樣不需要感恩，又單單豈在這一天？

感謝玫瑰有刺

1

清晨，常和孩子們一起唱一首「感謝歌」，每次唱到「感謝神賜溫暖春天，感謝神淒涼秋景；感謝神禱告蒙應允，感謝神未蒙垂聽，感謝神路旁有玫瑰，感謝神玫瑰有刺……」就有一股溫熱的淚水忍不住要從眼穴翻湧而出。

曾經，是那樣的不明白，爲什麼感謝了溫暖的春天，還要感謝淒涼秋景；禱告蒙應允，自是應該謝天謝地，然而沒有應允，不該是忿忿不平、怨聲載道嗎？爲什麼要感謝？何必要感謝？玫瑰花的芬芳美麗人人喜愛，但誰會喜歡它的刺呢？

那時候，是太年輕，年輕得不明白所有的溫暖和淒涼，所有的成全和未成全的，所有美和不美，歡欣和哀愁的都可以並列一起……直到我自己經歷了那些刺，那些尖銳的痛苦，以及傷痕。

初病時，非常自卑學歷的不如人，國小畢業，多麼卑下，多麼寒傖，同學來看我，我抵死不見，我不要看見他們臉上的笑容，不論是同情是憐憫是友善是關懷，於我都是一種刺痛，一種羞辱。

每天算著日子，算著他們該考試了，算著他們該放榜了，報紙卻是連碰都不敢碰，生怕在上面看到熟識的名字，每一個字都是一很刺，刺在我血跡斑斑的心上。是不是就因爲這樣的貧厄不足，才力加彌補呢？那段時間看書看到癡狂的地步，也不懂什麼好不好，正當不正當，只要是有文有字就不放手，哪怕是剛剛包了油條骯髒油膩的舊報紙，也是狼吞虎嚥捧讀再三，塡補永不饜足的心靈。

早晨六點不到，家家戶戶尚在酣睡之中，不需要鬧鐘，亦不需要母親呼喚，一個人獨自摸黑起床收聽教育電台齊鐵恨老師的「古今文選」，即使寒流過境也不曾漏過一天。三年如一日，我是他不繳錢的學生。

晚上，一家人都睡了，也只有我在燈下寫寫看看。從來沒有人逼過我念書，甚至，父母只會央求我：「好了，早點休息吧！不要太累了！」見我精神有所寄託，父母毋寧是歡喜的，卻又擔心我沉迷過度，不克自拔，天下父母都是一般樣的矛盾心理。

似乎很自然的就這樣給自己走出了一條路，而居然，「北投國小畢業」這六個字有了一層不同的意義。

僅僅小學畢業，不也表示，這以後的學問都是自個兒修的，別人學問好，那是因爲他們面前早已鋪陳好一條路任他們走，而我的路卻是自己摸索，自己開天闢地一山一石鑿創而成，一路上自然有我的淚水汗水寂寞辛酸，然而，回頭再望，何處有血跡有傷痕，不也是無限的寬廣，無盡的風光明媚嗎？

一直到今天，讀書寫作對我仍是最大的娛樂及享受。只要給我一本書、一疊稿紙、一枝筆，我可以靜坐終日，不知日月乾坤。

2

那天，孩子說有話告訴我，囁嚅了半天，卻說出一句叫人心幾乎爲之碎的話：「你們不要對我太好了，太好，我會受不了的……」

生下來四肢畸形，父母棄之不顧，從小在救濟院長大，沒有人把他當人看，辱罵、毆打，像狗一樣的喝斥著，他已經習慣於這樣屈辱的生活，甚至覺得他這樣的人就是應該理所當然的接受這樣的待遇，他連什麼叫做公平不公平都不懂。

因而，只要有人對他一點點好，一點點關懷，也不過是人與人相處的基本態度，在他都是意外。他惶恐，他不安，他承受不起，他竟然要求我們「別對他太好了……」

也就在同一天，一位朋友鬧情緒，說他「不想看到別人，也不想看到自己，他誰都不想看到，就把自己封閉起來了……」

我忽然有著莫名的憤怒莫名的悲哀，不知該向誰發洩、向誰抗議。這位朋友，會寫詩、會畫畫，又有妻又有子，不愁吃也不愁穿，不瞎也不瘸，人生幾乎都被他佔全了，還求什麼呢？而他居然有權鬧情緒，有權心情不好，有權誰都不理……他竟然有權這樣折騰自己，實在是福氣啊！

而我的孩子們，他們流淚，別人說他們自卑，他們發怒，別人說他們乖張，他們把自己無奈羈困家中，別人說他們孤僻不合群，在他們傷痕遍布、心神俱碎的時候還要微笑，還要挺起脊骨表示他們「殘而不廢」，表示他們不輸給一般「正常人」，有誰知道這是怎樣的一條路啊！

永遠忘不了那一年，我在父親、弟弟的陪伴下前往參觀六十年全國經濟大展，萬萬沒有料到竟然被拒，硬生生被拒在大門之外，理由是「這個樣子進去不好看……」父親暴跳如雷，滿街的人潮像是看馬戲一樣的興趣盎然，一道道目光有如烙鐵似的烙在我身上，火燒般的灼痛是一直痛到心肝肺腑的啊！

我終於明白了，他們拒絕的哪裡是我，他們拒絕的是「殘障者」這三個字。那一刻，烙鐵把我和千千萬萬個孩子牢牢銲接一起，就像他們自己說的，我們是同一國的人。劍斬不斷，刀切不開的血肉相連。

也終於明白，耶穌爲什麼要到地上苦苦走這一遭，身爲神子，他可以不必來的，也可以不要來的，而他竟然來了，委身爲人，經歷人的生老病苦，人的酸甜苦辣，被羞辱、被鞭打、被活生生釘死在木頭十字架上，爲的是透過大苦難去拯救大苦難，透過死亡詮釋生命的意義。在我們陷身黑暗深淵再也無力自拔的絕望中，我們知道有人經歷過，有人在我們哀哭的時候和我們一同流過淚，在我們憂傷的時候和我們一同歎息過，因爲他懂，因爲他了解，我們就不孤單，就有勇氣舉步向前。前面，有無盡的期盼和希望展現。

當我面對這份工作，這些孩子，我也深切明白，不是「愛心」，不是「慈善」，而是在他們刀斧加身時和他們一同承受那份疼痛，在他們血滴成河時，也有我的血一同流淌。

神親自用刀子一刀刀將我逐漸雕鑿成祂自己的樣子。

3

有一回，某一團體要捐我們一筆錢，來參觀時就隱隱中一副盛氣凌人的傲氣，及至錢捐過來，更是財大氣粗的架式，也明知那是富人心態，不足爲奇，心中仍不免有受傷的感覺。

若按以往的個性，早已拂袖而起，但事關伊甸，便只有隱忍下來。從來就不懂什麼叫做卑躬屈膝，從來就不懂什麼叫做仰人鼻息，連在父母面前輕易都不肯低頭的人，那一刻，眞有英雄氣短之慨。

儘管朋友說：「你又不是爲自己求一分一毫好處，這樣一想，就可以坦然了。」這樣一想，固然坦然。只是在面對一張施捨的面孔，一些輕蔑的言詞時，仍然五內翻湧，不能自持，仍然有著流血的刺痛。

每每在這種時候，會不由自主想起久遠前的一段往事。大概是我病後第二年，已經數不清看過多少中醫西醫，總也不見好，家中所有可以變賣的東西都典當一空，可是父母只要一聽到哪裡還有方法可以醫治我的病，總也不肯死心的帶我去求治。

忘記是永康街還是青田街什麼地方，一座極大的宅院，也不是正規醫生，只是經商之餘研究的一點心得，不但診費免了，而且藥也奉送，走的時候又倒了半罐奶粉強塞在父親手中，我看見父親的難堪，父親的爲難，父親幾度推辭不受，可是對方漸漸有些不耐了，父親一定是怕斷了以後的治療，只有接過手。回來的路上，父親一句話也不說，父女兩個都悶著頭，也不知那條路爲什麼那麼長，總也走不完似的。

我頂天立地的父親，我清廉正直的父親，我守正不阿的父親，我寧肯丟官也不肯爲五斗米折腰的父親，就在那半罐奶粉面前，放下他全部的自尊。

而母親，從小嬌生慣養的母親，從小心高氣傲的母親，從小才華出眾的母親，在最艱困的日子裡，她洗去鉛華，養雞種菜，爲一塊二毛縫製一套衣服的工錢，幾乎把自己賣給成衣廠。

其實，我們從來就不曾眞正窮過，不論家庭經濟怎麼困窘，我們的精神從未窮過，心理從未窮過，從小父母教導我們堂堂正正做人，清清白白做事，仰無愧於天，俯不怍於地，我們從來不屑於伸手向人。

我忽然發現，沒錯，我是他們嫡嫡親親的女兒，我剛烈的性情，不屈的風骨哪一樣不是源自他們的骨血，他們的精髓？當年，爲了這個女兒，他們的心頭愛，他們甘願屈就卑微，甘願彎下他們輕易不肯彎下的頸項，他們甘願受傷，一無怨言。也或者，他們不覺得自己受傷，因爲我是他們的女兒，他們理所當然的做了。

今天，是因爲這些孩子不是我親生親養的，所以我覺得受傷嗎？倘若是我自己的孩子，在他們飢餓或生病時，我會袖手旁觀、棄他們於不顧嗎？我還需要維護我可憐的自尊嗎？如果是，我的愛還是有等級有差別的啊！

從來沒有一個時刻讓我感覺離父母是這樣近，這樣親密。「養兒方知父母恩」，雖沒有懷胎十月乳養的嬌兒，可是今天當我爲孩子們不得不低頭、不得不開口的時候，當我將我的愛傾注在那些孩子身上，不悔也不怨的時候，我知道我是在還債，還父親的債，還母親的債，還他們山高地厚傾天倒海永世不盡的恩情。

就在那些傷痛中，我忽然懂得怎麼做一個母親了。

眞的，我懂了。

4

秋天裡，我們辦了一次「親職講座」，母親是特別邀請的陪談員。這個母親，一直隱藏在女兒後面，她的出席顯然比講員還受人矚目。

眾多家長急欲知道，在我三十餘年病榻中，母親是怎樣幫助我，造就了今天的我。

母親看我一眼，緩緩的說：「我最大的幫助就是不幫助她！」

眞正是語驚四座啊！母親和我會心一笑，笑裡有一份了解，一份相知，一份只有我們母女共享共有的親愛。

年輕時，母親嚴厲，幾乎是不苟言笑的。在父親面前，我們可以哭鬧，我們可以撒嬌，可以騎在他背上，蹂在身上。母親卻有她不怒而威的尊嚴，她是高高在上的神，我們敬她、畏她，多過於愛她。

父親的話，我們可以陽奉陰違，可以春風過耳，可是，對母親，我們不敢。母親規定我們幾點起床，我們不用吹號，就自動下床報到，母親規定誰灑掃庭院誰洗碗倒茶，我們乖乖服從，連背後埋怨都不會。

吃飯的時候，母親分派每人一張小桌一張小椅，一碗飯一碟菜，我們安安靜靜吃完，把自己的桌椅歸回原位。

母親的話就是命令，就是鐵律，沒有一絲一毫可以討價還價的餘地。我們，就在母親這樣的管教下循規蹈矩的長大。

我生病，母親在一年之內蒼老十歲。但是日常生活一點也看不出什麼變動紊亂。上學的，照樣上學，不上學的，母親分派我許多工作，包括掃地、洗碗、摘菜、拆補衣物，甚至她不在時煮飯給弟弟妹妹吃等等；慢慢的，母親把她自己的那一份工作也分一部分給我，像是督導弟妹功課、管理家用、參與家中大小事情等等；再慢慢的，母親不僅凡事徵詢我的意見，尊重我的決定，並且放手要我自己去處理、去擔當……母親逐漸隱退在我身後。

似乎，母親一直忘了我是一個病人。

年少時，常遺憾母親不夠溫柔，不夠慈愛，在我最需要流淚的時候，竟然沒有一個可供我流淚的胸懷，但是慢慢成長，我感謝母親的不夠溫柔，不夠慈愛，在我最需要流淚的時候把我自己流成一道牆，一道可以承受別人眼淚的牆。

5

每隔一段時間，讀聖經時，我總喜歡翻到一處，經文是這樣寫著：

又恐怕我因所得的啓示甚大，就過於自高，所以有一根刺加在我肉體上，就是撒旦的差役，要攻擊我，免得我過於自高。爲這事，我三次求過主，叫這刺離開我。祂對我說，我的恩典夠你用的，因爲我的能力，是在人的軟弱上顯得完全，所以我更喜歡誇自己的軟弱，好叫基督的能力覆庇我。我爲基督的原故，就以軟弱、凌辱、急難、逼迫、困苦爲可喜樂的，因我什麼時候軟弱，什麼時候就剛強了。

這段話是保羅說的。自始至終，保羅沒有說明那根「刺」是什麼，但以保羅那樣一個靈性剛強、信心堅定的人，竟然以「刺」來形容，並且求了三次要刺離開，可以想見給予他的痛苦是多麼尖銳強烈。他掙扎，他逃避，最後他終於明白，人世間有一些東西是逃也逃不掉的，他接受，並且坦然的面對這根刺，溫柔而堅定的，刺遂成爲他生命的一部分。

每次讀到這裡，心裡總像被什麼輕輕牽動，彷彿那不再是歷史上一則故事，不再是一個長久以來被人複誦的名字，而是我心中一段邈遠的往事，也有我的跋涉和風塵。

病中三十餘年，刺豈只一根，又豈只求了三次、三十次？但我不再求了，如果說，這根刺能令我更謙卑；如果說，這根刺能令我更柔和；如果這根刺能令我的心更溫潤的去貼近那些需要貼近的人，我的情愛如傾注的泉水去清涼那些需要清涼的人，那麼，就讓我順服，納刺於身，納刺於心，即使心房碎裂、流血死亡，也讓我無悔無怨，歡喜甘願。

世途漫漫，固然有陽光的晴和，花香爛漫，卻也避免不了荊棘和蒺藜，我們永遠分辨不出哪一樣教導我們更多。所以，在我們感謝玫瑰的同時，也讓我們感謝它的刺吧！

洗馬桶的總經理

有次伊甸邀請前麥當勞總經理韓定國先生到會裡演講，他說了一個關於他自己的小故事。

七〇年代初期，美國麥當勞總公司看好台灣市場，打算正式進軍國內。他們需要先培訓一批高級幹部，故公開招考甄選。由於要求的標準頗高，許多有志的青年企業家都未通過。

經過一再篩選，韓定國脫穎而出。麥當勞的總裁先後和他們夫妻談了三次，並且問了他一個出人意料的問題：

「如果我們要你先去洗廁所，你會願意嗎？」

那時韓定國在企業界已經小有地位，要他洗廁所，豈不太侮辱人了嗎？正在沉思時，一旁的韓太太幽默地回答：

「我們家的廁所一向都是他洗的！」

後來他才知道，麥當勞訓練員工的第一個課題就是先從洗廁所開始，因爲服務業的基本理念是「非以役人，乃役於人」，只有先從最卑微的工作開始學習，才有可能了解「以客爲尊」的道理。

喜歡洗馬桶的還不只韓定國一人，還有前靜宜大學校長李家同和另一位李秀全牧師。

三年前，靜宜大學頒我榮譽博士學位，當時觀禮的有許多位殘障團體的代表。典禮尚未開始，坐輪椅的林想解手，誰知廁所的空間不夠大，輪椅無法迴旋，氣得說：「這是什麼學校，連個殘障廁所都沒有，還想頒殘障人士榮譽學位！」

話剛說完，就看見廁所裡面走出來個小老頭，手裡還提著抹布水桶，像是正在打掃的「工友」，只見他連聲道歉：

「對不起，對不起，我們一定改進！」

林暗自嘀咕，這學校的工友還挺和氣的嘛！萬萬沒有料到，典禮一開始，站在台上的「工友」赫然是鼎鼎大名的李家同校長！

其實很多同學都知道，李校長除了喜歡打掃環境外，也經常和他們一起打球、吃飯、聊天，是一個學生眼中最沒有架子的校長！

李秀全牧師則是我相識多年的朋友，他原先在校園團契工作，後來應聘到美國波士頓牧會。波士頓人文薈萃，會友不是擁有博士學位，就是學有專長，或者家財萬貫，個個眼高於頂，哪裡把台灣來的小牧師放在眼裡，初初牧會，辛苦可知。

有一日，聚會尚未開始，一位會友提早到教堂，順便想上個洗手間，沒想到竟然發現牧師大人正彎著身子洗馬桶，吃驚的叫起來：

「唉呀！怎麼能教牧師洗馬桶？」

牧師笑嘻嘻地說：「耶穌都能給門徒洗腳，我洗個馬桶算什麼呢？」

牧師的謙卑虛己感動了所有會友，讓他們放下心中的驕傲，全心全意接納了李牧師，上帝也因此大大祝福了波士頓教會，福音興旺，會友人數急遽增加。

十餘年後，李牧師看到教會穩定持續成長，決定趁有生之年到偏遠落後國家宣教。離開波士頓時，全體會友流著淚依依不捨的送他。

洗馬桶需要彎著身子，看病問診呢？

去年，我的腳趾頭不慎受了點小傷，本身的免疫力就很差，加以整天坐著不動，血液循環不良，傷口始終無法封口，反而日趨嚴重，迫得我只好到長庚醫院找醫生。

由於傷口正好位於腳底，我的膝蓋關節又僵硬彎曲，也無法抬高，我建議洪凱風醫生把我抬到診療檯上，以方便檢查，沒想到他笑著說：

「抬你一個人要麻煩許多人，不如我一個人省事！」

於是，就看見堂堂大醫生半跪半趴在地上，為我清理傷口，消毒換藥。院長的祕書甄小姐打趣我說：

「你知道嗎？長庚醫院有史以來，從來沒有一個病人讓我們的主治醫生如此卑躬屈膝過！」

說得我十分汗顏。倒也想起看過的一篇小文章，一位署名楚婕的實習醫生，有次跟著副院長門診，看到一位患者的傷口在腳踝，他很自然的蹲下身子為病人拆繃帶，不料卻引起副院長大發雷霆，喝斥他：

「醫生有醫生的尊嚴，可以讓病人把腳抬到椅子上，何必像乞丐一樣蹲在地上聞病人的臭腳丫！」

到底什麼是醫生的尊嚴？醫生關心的是「病」還是「病人」？一時之間，他對現今的醫療價值觀深感困惑與氣餒。

在現今的社會，昂首闊步、趾高氣揚的人比比皆是，然而，有資格驕傲卻不驕傲的人才是眞正的謙卑。

耶穌說，虛心的人有福了，因為天國是他們的。上帝要我們放下身段，以柔和之姿服事祂以及祂的子民！

乘著夢想的翅膀飛翔

是誰說過，人類因夢想而偉大，因夢想而不凡。

古今中外，多少人爲了追尋夢想、實踐夢想付出他們一生的歲月，甚至粉身碎骨亦在所不惜。

前行政院長唐飛先生在組閣之前是國防部長；再之前，他是由飛行員一路扶搖直上的空軍總司令。

唐飛曾自豪地說，他駕駛戰鬥機的時數創下空軍史上的紀錄，至今無人打破。據說，每次一有新的機種，他都搶著試飛，即使部屬一再攔阻，也不能改變他想飛的欲望。

唐飛，到底是因爲他愛飛，才取名飛；還是因爲取名飛才愛飛？總之，他從小就夢想做一位飛將軍，捍衛祖國的領空。

唐飛回憶說，他最喜歡凌晨的巡邏任務，那時，天欲明未明，他飛在雲層之上，看著曙光漸次增強，天際無邊無垠，闃寂無聲，彷彿只剩下他和他的飛機遨遊在天地之間，心靈是那樣的澄明，沒有一絲雜念，他用「心曠神怡」形容那種感受。

雖然已經退役，不能再飛戰鬥機，可是他還有個未了的心願，那就是卸下閣揆後，他要去試飛滑翔翼，每次看到年輕人玩得興高采烈，他就羨慕不已。不過這點，恐怕得先取得老伴的同意才成。（註1）

北極在十九世紀之前，一直是塊神祕、杳無人煙的處女地，也是許多探險家亟亟一窺的夢土。

一八八六年，美國海軍上校羅伯・皮里和他的助手馬特・亨森第一次從迪斯科灣穿過格陵蘭冰蓋，深入內陸一百英里。

馬特・亨森是名黑人，從小喪親，十二歲就在船上當侍者，同樣對探險著迷，聽到皮里探險北極的計畫，自願擔任皮里的僕從，後來成為他的得力助手。

他們的探險隊前後六次從不同的路線向北極點挺進，終因北極酷寒，不可捉摸的天氣變化，補給的困難，無功而返。

為了探險，皮里曾跌斷腿，並因凍傷失去八個腳趾頭，也因長年在外，冷落妻兒，影響到家庭生活，可是依然不肯放棄他要征服北極的夢想。

一九〇八年，五十二歲的皮里第七次和亨森探險北極，這次他們從埃爾斯米爾島出發，終於在次年成功的抵達北極點。

在「雪地悍將」這部傳記影片中，曾描述一段有關人性掙扎的小插曲。就在他們即將抵達極點前一夜，此時只剩下皮里、亨森和四名愛斯基摩人，皮里突然起了私心，他要求亨森留下，第二天由他獨自完成最後的一段行程，因爲他要成爲歷史上第一個抵達北極的人。他對亨森說：

「這是我一生的夢想，我已老了，以後不可能再有機會了。」

誰知皮里因爲過於疲勞，熟睡不醒，等他再張開眼睛時，發現亨森已經出發了。皮里一路又急又怒的追趕，沒想到亨森卻在半路等他。亨森說：

「這雖然是你的夢想，卻也是我的夢想！」

最後兩人一起登臨北極點，亨森親手插上美國國旗。回國後，皮里受到英雄式的歡迎，而亨森卻因當時社會濃厚的種族歧視而被刻意漠視。直到亨森一九五五年逝世後始獲得平反，隨後美國將亨森的遺體遷至溫靈頓公墓安葬。

亨森曾於一九一二年著有《一個黑人探險家在北極》。（註2）

高銘和先生是一位山的癡迷者。

他愛登山，愛給山攝影，爬完了台灣百岳，他更大的目標是中國百岳，當然他的終極目標就是那座全世界登山愛好者夢寐以求的聖母峰。

爲了攀登聖母峰，他事先做了很多準備工作，包括先攀登美國阿拉斯加北美第一高峰，以做爲行前訓練。因爲這絕不像爬爬屋後小山那麼輕鬆愉快，高山上充滿不可預測的變化，一個不小心，非死即傷，唯其如此，才更挑戰登山者的智慧、毅力和勇氣。

一九九六年，高銘和與他兩位山友林道明、吳明忠一起向尼泊爾出發。五月十日，他終於攻頂成功，卻在下山時被暴風雪所困，直到第二天才獲救。

雖然撿回了一條命，但因鼻子和手腳嚴重凍傷，不得不手術切除，儘管付出如許之大的代價，高銘和卻毫無怨言，有機會親眼看到世界第一高峰的壯闊美麗，以及不可侵犯的神聖，深感不虛此生。（註3）

創辦伊甸基金會同樣也是我的夢想。

早在三十五年前，我和好友吳又熙一起參與台北傷殘服務中心的義工行列，當時一般人根本沒有社會福利的概念，從政府到民間，對殘障者仍然停留在施捨救濟的階段，許多機構都是掛羊頭賣狗肉。

我們有很多理想，也一起作夢，有一天要為殘障朋友闢一塊自由樂土，沒想到這傢伙半途「落跑」到美國留學，一去十餘年。

及至聽到伊甸成立的消息，他特地把自己的第一本著作賣斷給出版社，書款全部捐給伊甸，這也是伊甸來自國外的第一筆捐款。

又十七年後，我從伊甸「解甲歸田，告老還鄉」。回首這一路的酸甜苦辣，心裡只有感謝，感謝上帝容許我在這樣一件偉大的事工上小小有份，美夢成真，今生今世，再無遺憾。

當然，並不是每個人的夢想都這麼龐大、艱難，充滿挑戰，你也可以有一些小小的夢想。

我的一位朋友，從會走路的時候就喜歡畫畫，家裡窮，買不起紙，就到處收集別人不要的廢紙練習，連廢紙也沒有的時候，就畫地畫牆壁。

十歲那年，父親送他一本《豐子愷畫冊》，他愛若瑰寶，矢志要以畫畫作為他終身唯一選擇。

然而，處身在一個大動亂的時局中，個人的命運往往非自己所能掌控。當時國共交戰，在國軍撤退時，他和全校師生一起被抓伕來到台灣。部隊的生活嚴厲艱苦，每日操練不斷，不要說畫，連夢都沒有。

之後，結婚生子，一介軍人，微薄的薪餉養家活口已然吃力，哪裡再敢奢望其他。

直到五十歲這年，他已退役，轉任文職，工作較為輕鬆，孩子也都成長，仔肩的重擔稍息，他自認這一生於公於私均已盡力，決定善待自己，送自己一個五十歲的生日禮圓夢。

一切從頭開始，彷彿又回到童年，享受著盡情繪畫的樂趣和滿足，畫到淋漓盡致時，渾然不知有我，他曾有過三天三夜不下畫桌的紀錄。

中年學畫，既非為利，也無關功名，可是終究還是有人欣賞他的畫，典藏他的畫。他知道，或許他這一生永遠做不成「豐子愷」，但在人生的晚年，能夠一圓兒時的夢想，亦感心滿意足了。

喜歡運動、關心國內體育發展的朋友一定記得「風速女王」王惠珍這三個字。她先後獲得一九九一年英國雪菲爾世大運兩百公尺金牌、一九九四年日本廣島亞運兩百公尺金牌，其他大小獎牌不計其數，這是繼紀政之後，我國最傑出的短跑女將。

這樣一位光環四射的運動健將，如果把她和拼花布這種古老的手工藝聯在一起，會不會令人錯愕，有種不搭軋的感覺？

王惠珍說，其實她在國中時就迷上了女紅，有一雙巧手的她，在縫製的過程中，特別感受到內心的沉靜與喜悅，那一針一線裡，彷彿也縫進了許多小兒女祕密的心事。

然而此時的她已展現出運動上的天分，家庭、師長，乃至國家對她的期望把她推上田徑這條不歸路。爲了榮譽，她只有全力以赴，生活除了訓練和比賽外，容納不下其他任何東西。

十年光陰，充滿喝采與掌聲，卻也充滿孤單寂寞。高掛釘鞋後，許多朋友都擔心她無法適應絢爛之後的平淡，加以婚姻不順，但王惠珍很快調適過來，主要的是她又重拾回對拼布的喜好。

目前，她已獲得日本手藝協會的講師證書，並且成立自己的「拼布藝術教室」。看到她親手製作的桌墊、手提包、被面或掛氈，色彩豐富豔麗，構圖新穎活潑，除了訝異，任誰都不能不佩服她的才華和毅力。

人生的道路無限寬廣，王惠珍爲她自己走出了另一個春天。（註4）

一位相熟的女孩夢想開家茶藝館，朋友紛紛勸阻，認爲茶藝館已退熱潮，經營不易，她卻執意不聽。

結果被我們這些烏鴉嘴不幸言中，勉強維持了一年多，還是關門大吉，多年的積蓄也跟著泡湯，我責怪她「不聽老人言」，她反而豁達地說：

「沒關係，我還年輕，錢失去了還可以再賺，至少我已實現了多年的心願！」

就在寫這篇文章的兩天前，妹妹的同學大花有事打電話找我，聊天時告訴我，目前她每月存一萬元，打算十年後教職退休時——

我搶先一步說：「環遊世界！」

她驚訝地叫起來：「你怎麼知道？」

「這是許多人的夢想啊！」

我很欣賞大花的「未雨綢繆」。的確，夢想不論是大是小，是難是易，都需要預做規畫和準備，以及主客觀條件的配合，方不致流於幻想空談。

夢想是帶著我們飛翔的翅膀，飛向天邊地極，飛向未知之處；夢想也擴大了我們思想與心靈的領域。人類文明的不斷進步，最主要的原因是我們都愛作夢！

夢想，出於一個人對生命的熱情，對周遭世界無盡的嚮往。人生一世，我們可以安於平凡，絕不要允許自己貧乏虛度，沒有夢的人生，何等的寂寞無趣啊！

夢想，不一定實現，那又有什麼關係呢？有一日即使我們一無所有，我們還是有作夢的權利啊！

註
1 資料參考蔡康永「真情指數」，TVBS。
2 資料參考《大英百科全書》、電影「雪地悍將」。
3 部分資料參考高銘和著〈我與羅的未竟之約〉，《講義雜誌》。
4 部分資料參考張正莉著〈風速女王王惠珍手藝一把罩〉，《聯合報》。

附錄：

杏林子其人其文

樹　芬

十二歲這一年，有一天早上起床，她感到四肢無力，扶著床欄，邁不開步子，母親靠攏上去拉住她，她痛苦的叫著：「媽媽，我不行了，走不動了。」從這一天開始，十二歲的劉俠，還在就讀北投國小六年級，得了類風濕關節炎，身上的關節一個個扭曲、疼痛、變形，從此失去健康，失去求學的機會，開始她漫長而千篇一律的「生病史」。

十七歲開始發表文章

病床上的歲月，原本打發時間的書籍教育了她，看著親人為她焦灼、憂慮，她開始體貼親人見她被病折磨時無告的痛苦；無數次進出醫院，幼小的心靈隨著週遭的生老病死而成長，十七歲這年，劉俠開始有文章在《中華文藝》發表，藉著寫作她走出醫院與病床外的新天地。

為了紀念故鄉陝西扶風杏林鎮，也感念照顧她的醫護人員，劉俠為自己取了筆名「杏林子」。她說：「在一張三尺寬六尺長的病床上，只要好好努力，也可以有所作為，也可以為自己開創一片新天地。」

杏林子文如其人，讀她的文章就像聽到她爽朗清脆的聲音，她說自己是「名病人」，形容自己身上的病痛分五級：小痛、中痛、大痛、巨痛、狂痛，五痛不分晝夜隨時伺候，別人不忍見她病痛纏身，生不如死，她卻說：「有時候感覺自己就像叫化子一樣，因為擁有的東西太少，所以得到任何一點點都備加珍惜。」除了愛，她一無所有，所以她愛家人，愛朋友，擴而大之，更愛「不知為什麼活，不知活著幹什麼的殘障孩子。」

有一線光明射入她的生命

民國五十五年，這年她二十四歲，躺在床上十二年，憑著一股毅力，奇蹟的從床上坐了起來，扶著枴杖艱難的邁步，己立立人，她到南機場「社區發展實驗中心」，為遭遇到同樣命運的孩子服務，接著又加入內政部「傷殘服務中心」的工作，從此寫作的杏林子開始漫長而艱辛的社會服務工作。然而，命運似乎跟她開一個無情的玩笑，不久之後，不但不能走路，而且全身癱瘓，關節只剩百分之十可以活動，美麗的臉龐與纖纖十指慢慢變形。生命由一線希望到完全絕望，樂觀的杏林子卻說：「這是一件很奇妙的事，昔日存有一線希望，伴著希望來的是無盡失望，如今到了山窮水盡的地步，卻似有一線光明，開始慢慢射入我的生命。」

創辦「伊甸」成為社福人員

因為她的堅強樂觀，長痛當歌，以文字鼓舞了無數絕望的心靈，民國六十五年，她當選了十大傑出女青年。在生命最輝煌的一刻，她卻正忍受極大的痛苦，她這樣敘述著：「當選十大傑出女青年的時候，因腿痛正劇，我忍不住流下輕易不肯流下的眼淚，不是欣喜，而是感觸，因為我發現即便是這樣的榮耀，亦不能減輕我一絲一毫的痛苦。」

病痛的杏林子樂觀堅強，這樣特性行諸文字，表現的是超越——超越痛苦極限，超越小我悲憐怨歎，試煉人的潛力，表現人性的真善美。

四十歲這年，杏林子為自己寫了一副對聯：「天地無限廣，歲月不愁長」自況心境，一種行到水窮處後，坐看雲起時的悠然。

在〈另一種愛情〉中她說出生命中出現的愛的插曲，種種情愛掙扎，小愛如何衍伸至大愛：「這個世界似乎再也沒有什麼令我眷戀不捨的，只除了人。每當我的觸角伸得更廣更遠，我的根便扎得更牢更深，我於是被這一片大地整個攫住了。」也是因為愛，她創辦伊甸殘障福利基金會，作家杏林子成為社福人員劉俠。

她的書感動海內外千萬讀友

讀杏林子的文章絕不能缺少她的勵志文字，因為她不只是寫給弱勢朋友，更寫給迷惑、困頓的朋友，在人生不如意時，看杏林子如何以幽默的筆調說視死如歸、好生好死，告訴我們人生路上如何與信心同行。讀杏林子文章我們讀不到她的淚水，只聽到她以爽朗清亮的聲音為大家加油。

杏林子說，她不願意放棄，清晨醒來發現自己仍然活著，可以聽，可以看，可以說話，可以呼吸，可以思想，可以愛，可以做一點自己喜歡的事，心中真是充滿了歡喜和感謝，就好像聚寶盆，每天都有一個新的生命跳出來。她的書、她的話，感動海內外千萬讀友，人生充滿挑戰，杏林子的故事，告訴大家，只要努力，人人都可以是生命的大贏家。

杏林子作品集 06

生命是一首歌

杏林子散文精選

著者	杏林子
編著	李　文
執行編輯	鍾欣純
發行人	蔡文甫
出版發行	九歌出版社有限公司 臺北市105八德路3段12巷57弄40號 電話/02-25776564・傳真/02-25789205 郵政劃撥/0112295-1
九歌文學網	www.chiuko.com.tw
印刷	晨捷印製股份有限公司
法律顧問	龍躍天律師・蕭雄淋律師・董安丹律師
初版	2008年9月10日
初版4印	2020年12月
定價	**250元**

書號	0110306
ISBN	978-957-444-533-2

（缺頁、破損或裝訂錯誤，請寄回本公司更換）

國家圖書館出版品預行編目（CIP）資料

生命是一首歌：杏林子散文精選 / 杏林子著；李　文編 . -- 初版 . -- 臺北市：九歌，民 109.12

面；　公分 . --（杏林子作品集；6）

ISBN 978-957-444-533-2（平裝）

855　　97015194